INK

文學叢書

292

# 無窮花開

## 我的首爾歲月

石曉楓◎著

# 目次

## 思念，漂泊者的宿命

## 生活，我們好好地過



## 異鄉，他者的凝視

## 遊蕩，在藝文光影間

## 此刻，認眞來說韓國

序

# 雪落韓半島

陳芳明

海島與半島的對話，對石曉楓是那樣苦惱而親暱。她感到苦惱，是因爲對於韓國文化如此遙遠而疏離。但又覺得北國是如此親暱，只因停留一年的生活，已經爲她釀造無可割捨的情感。離開海島，降臨半島，她反而得到一個可以回顧學術生涯的空間。身處異國的高麗社會，她在內心產生無窮辯證的自我對話。文中傳達出來的信息，也許不再屬於她個人的感覺，而是道盡台灣社會的集體記憶。台灣多少學者造訪過韓半島，卻只有她攜回一冊最貼近阿爾泰語系的朝鮮生涯。

北望韓國，是台灣文學研究者責無旁貸的義務。縱然台韓在戰後有過四十年的邦交友誼，竟從未在學術上構築歷史經驗的交流。從殖民史到戰後史，台灣與韓國的歷史進程，何等重疊，又何等相似。戰前同樣淪爲日本帝國的殖民地，戰後也同樣扮演美軍基地的角色。東方帝國與西方帝國在這兩個國家造成的傷害，竟都成爲日後各自追求民主政治的動力。在如此深厚的歷史基礎上，反而使台韓成爲相互異化的絕緣者。如果仔細省視兩國的文學與文化，在帝國交會處擦出的藝術火花，其實是彼此燦爛輝映。在現實生活中去深刻理解對方，可能是跨越政治障礙的最佳方式。從這個角度來理解，曉楓的這冊散文隨筆，就格外帶著深層意義。

她所看到的韓國，不再是美軍進駐的冷戰時期，而是已經高度資本主義化，並且也被編入全球化的國家。韓國知識分子長期懷抱的焦慮，莫過於如何脫離帝國的歷史陰影，以及如何抗拒亞洲領導者的日本，同時又要擺脫正在崛起的中國經濟衝擊。具體而言，「脫帝國」一直是當前知識分子的終極關懷。曉楓在韓國校園所見證的年輕學生，並不是過去那種揹負歷史包袱的沉重身姿，反而是充滿歡樂的開朗青年。上一代脫帝國的心情，與下一代去歷史的天眞，形成強烈對比。

韓國的年輕一代，對於歷史感到陌生；過去的記憶在他們生活中，可能也不是重心。他們就像台灣的大學生一樣，會注意品牌，享受消費生活，不希望在功課上受到壓力。在心理上，每位年輕人都有強悍的、不服輸的意志，對於成績也會斤斤計較，這是因爲他們會考慮到未來職場的要求。在這本散文集，可以看見熱情洋溢的生命活力，勇於試探、勇於冒險，卻不必然知道自己的方向。曉楓看到的韓國學生其實在台灣校園也可獲得見證。她的筆彷彿是台灣社會延伸出去的一個觸鬚，爲我們在北國探索各種不同的感覺、氣味、溫度、顏色，然後把她在異國的高度好奇帶回台灣。因此，閱讀她的文字時，讀者似乎可以跟北方一個遙遠的國家進行對話。在那裡，可以看到與台灣文化的巨大差異性，但是，也會訝異發現，全球化浪潮下，竟然也有非常相近的生活態度。

書中有兩篇散文值得注意，便是她去美術館參觀展覽的經驗：〈癲狂而熱烈的生命力——關於梵谷畫展〉、〈說韓國現代美術館的展覽——關於女性，以及本土的藝術雜感〉。她以台灣之眼細膩觀察韓國的藝術生活，尤其是以女性身體的感覺去承受藝術的奧秘。在現代美術館，她看到安娜特·梅莎潔的裝置藝術，似乎特別敏感。因爲展覽的作品，常常是藝術家以自己的身體作爲道具，而拍攝出不同角度的照片，讓觀者看見局部的、被支解的人體器官。藝術家有一個作品是以嘴、耳、手、眼、肚臍爲焦點，從而以各個局部圖繪繁複精細的紋采，形成一系列的組合。藝術家將之命名爲「我的戰利品」。遠觀時是一幅圖案，靜觀時才發現那是女性私密的部位。曉楓認爲這些作品自由而大膽，而造成相生相剋的詭秘魅力。她在文中特別引述藝術家所提出的一個信念：「我認爲人類越超越個人化，就越能符合多樣性。」從這句話可以延伸，身在韓國的台灣教授已經覺悟，一個國家的文化不可能撐起豐富的世界。每個國家若能夠採取開放的態度，接受多元的異質文化，便能培養更深遠寬容的態度與氣度。這種觀點在薩依德的後殖民理論裡，也可以得到印證。

薩依德已不止一次提到「對位式的閱讀」（contrapuntal reading），無論是殖民者或是被殖民者，都不應該自我囚禁在歷史情境裡。帝國文化與殖民文化都在構成人類深層的智慧。國家與國家之間不能相互理解，種族與種族之間不能相互尊重，最主要的原因是，彼此不能理解對方的文化資產。誤解與錯覺的發生，總是根源於文化的相互隔閡。若是能夠打開門戶去理解不同文化的優點，使文化之間能夠產生對話，就可以使人類呈現生動的多元價值。韓國與台灣，都在歷史上受到殖民的傷害；這種傷害記憶，卻都留在各自社會的底層。因為沒有正面去治療，而使被殖民者常常懷有自卑與自傲的矛盾情結。旅行到寒冷的北方，曉楓親眼看見高麗民族性的堅強與脆弱。她的文字相當細節地深入韓國生活深處，就像一個攝影鏡頭在地鐵、街道、市場、學校不斷移動，往往訝異地射入觀光客所看不到的眞實。她放下教授的身段，與當地學生、尋常百姓融成一片。以沉重的心情感受對方的悲哀，也以輕快的節奏表現韓國民眾的喜悅。陌生的朝鮮半島，在她文字裡變得如此貼近、如此熟悉。

近五年來，台灣文學研究已經開啓一個新的窗口，容許窺見歷史上東亞文化的升降起伏。戰爭時期的東亞觀念，無非是由日本帝國的權力所塑造出來的。帝國之眼的東亞，總是把殖民地朝鮮與台灣置放在最邊緣的位置。戰後六十餘年來，殖民地已經開始建立頗具自信、自主的文化生產力。從而對於東亞的解釋，便不再是由過去的帝國立場來支配，現在已經可以重新翻轉東亞的定義。東亞格局的內容，開始注入韓國觀點與台灣觀點。具體而言，受害的被殖民者如今已經能夠發出聲音。一方面檢討帝國體制的傷害，一方面也重新肯定被殖民者的在地文化。多元價值能夠釋放出來時，帝國魅影就不可能繼續震懾歷史上的受害心靈。以一種從未有過的喜悅，來迎接石曉楓教授的這本散文。她的文字蜿蜒著陌生土地的漂泊心情。然而，她的筆並不脆弱，常常在疏離的城市陰影下，發現堅強的自我意志。閱讀她的文字時，幾乎可以望見冬天裡一個孤單的身影，讓滿天雪花落在她的衣裳。雪落韓半島，映襯著一顆溫暖的心正在望鄉，也準備把瑰麗詭譎的信息傳送回到海島台灣。

本文作者爲政治大學台灣文學研究所所長

# 啟程，朝未知的遠方

▲韓國外國語大學校龍仁校區。

# 作別

是清亮皎然的滿月夜，我在對街等紅綠燈返回住處，偶一抬眼望向天際，熙攘的車陣呼嘯聲影裡，一輪圓月靜靜懸著，彷彿正冷眼旁觀著城市裡周而復始的人事起落。此刻開展在面前的是十字路口，向前行或往後走，我沒有選擇餘地，因爲歸處便在彼端；面對未來一年的變化，我同樣不能有所猶豫，只能昂首闊步，勇敢邁向一趟未知的旅程。

二〇〇七年八月底，因緣際會必須前往首爾的「韓國外國語大學校」擔任交換教授。赴韓講學本不在原先的人生規畫內，雖然系上此項交流活動，早已行之有年，我卻始終覺得事不關己。六月間倉促被通知而披掛上陣，一陣混亂裡人事資料迅速被送出，下學年度在台灣的課程亦隨之全部取消，當事人卻完全處於狀況外。申請講學手續待辦期間，猶且自欺欺人地暗自祈禱：審核結果最好不予通過。韓方的作業程序果然一再延宕，始終毫無消息；我則私心裡期望是行程變卦，講學計畫就此取消。在等待的時間裡，完全排斥做任何心理準備，然而夜裡一場狂歡，遂成見證與確認：是了，我是該遠行了，彷彿它在作著最後的宣告。

一群平日熟稔的學生起意在KTV裡為我餞行，當然，也不忘做些煽情的設計。D維持一貫的搞笑風格，將場子經營得熱力十足；C豔光四射，令人不敢逼視，因為南哥在場，頓時由酒家女變身成婉約小公主；P歌聲眞棒，果然是原住民之光；H在旁唱和，兩人默契十足；還有R音質相當落拓，唱起歌來很有江湖載酒行的況味；Q內斂得體，抒情歌熱完場便坐一旁靜靜聆聽，聽說她每有活動必到場，想來是「合作無間」派；W溫暖可人，這一年來幫了我好多忙；兩個小男生Z和L也是模範生，乖乖坐著看好女孩們瘋，Z深謀遠慮地預約了大四謝師宴一定要出席，L則在餞行結束前貼心送上小禮物；至於總是形影不離的朱朱賢伉儷，即使晚上要打工，仍特地前來捧場，活動進行時，舉手投足間盡是濃情蜜意。

歡唱到尾聲，上前接受獻曲與擁抱之際，大卡片和臨別禮物也現身了，眼看已經消受不起；南哥又趁勢引吭高歌表達祝福，情緒遂瞬間崩潰。還好最後合照時，小小孩忽然用他玩了整晚冰塊的冷涼雙手猛捏我臉頰，激動之情、熱血沸騰之心才稍稍溶解。

這究竟是場必經的磨練，還是終將成為無謂的波瀾？在作別的此刻，我亦難以言說。只覺得要捨棄台灣的親人和學生們遠行，心中有難言的不捨。師生間亦有緣分深淺之別，數年來教書生涯裡我略有所感。然則一年的分離到底會帶來多少變化？若是投緣，或許小別竟無影響？這麼一轉念，心下倒是坦然多了。

也許我該接受些新的試煉與體驗，那麼，揮手自茲去，在異國飄雪的校園裡，想念學生們青春洋溢的身影與活潑笑語，與許也會自成一種清冷乾淨的美麗。

# 入韓驚魂記

不得不說，踏入韓國土地的第一印象其實不甚美好。

首日的經歷完全是「入韓驚魂記」。搭乘班機抵達韓國時約當傍晚，通關程序處理完畢後出境，則已近七時。先前曾聯絡多次並幾經確認，當日會有助教前往接機。與助教彼此相認的第一步並不算困難，白紙黑字的立牌上清楚寫著我的中文名字，但令人驚訝的是，前來接機的女孩看來年齡極小，她要我們稍待片刻，接著便行至售票處購票。我心裡暗叫不妙，莫非……。疑慮得到證實，助教隨即帶我們前往巴士候車處。

靜待公車到站，把兩大箱外加一小袋行李置入車腹擺置空間後，我們與乘客們魚貫上車，一整日趕機、搭機的疲累，於此華燈初上之際慢慢襲來，也許就在車上打個盹吧，反正旅程尚長。不料，剽悍的首爾公車司機竟沿路橫衝直撞，那旁若無人的行止、頓挫不定的煞車，顛得我七葷八素。在相當不適的車程裡，窗外所見盡是韓文店招，這讓我逐漸意識到，確乎已遠離習慣的空間，抵達了陌生國度。唯當車窗外出現 7-11、starbucks等「地球村」統一標誌時，心中會昇起一絲模糊的安慰。

巴士在顛簸了一個半鐘頭後總算抵達終站，我也以爲韓國外國語大學校終於就在眼前，然而情況卻不如想像。我們又與這名助教轉搭計程車，狹小的後車廂裡裝不下我帶來的四季衣物，於是，一個大行李箱結結實實地被架在旅人腿上。抵達目的地後助教便快步穿行、一逕帶路，任憑異鄉客在後方拖著笨重行李，苦苦相隨。

進得教授會館，我環顧四周，隨即告知必須添購日用品，助教竟一臉狐疑地反問：「妳沒帶嗎？」我心裡開始犯嘀咕了，到底誰會帶著一年份的日用品四處走逛？小女孩疲憊地告訴我：「現在已經九點，商店都關門了。」然而這可是南韓的首善之區首爾，如是的回覆令我疑惑橫生。「那麼，總該讓我買張電話卡好向家人報平安、買抹布來稍事整理擦拭吧？」這回小助教總算開竅了，自行出校門幫忙採購去。

眼前百廢待舉，勢必將有一番大整頓，助教則稍事交代後逕行離去。此後，二度驚魂經歷正式上場。

肚裡唱著空城計，廚房內則不見衛生紙巾、臥室亦不置備枕巾，其他諸如飲用水、紙杯等基本配備付之闕如，只好硬著頭皮自行摸索出校。校門前尚稱熱鬧，所幸尋得便利商店一家，將物件置備妥當後，又沿途行去，想順道買些水果。小攤上有蜜桃水梨，但語言不通，頻生誤解。我誤聽價錢，老婦則以爲顧客意圖殺價，說起話來像要吵架拼命，聽著甚爲可怖，這是我第一次領教到的語言震撼教育。

再進得校門，周遭已是一片闃黑，我摸索著進教授會館，上樓，掏出鑰匙左右轉動，咦？走錯房間嗎？爲何打不開門？使勁一扭，房門依然不爲所動，鑰匙卻似乎年久壞朽，立時歪扭變形。隔鄰已有房客探頭察看，儼然我等是賊子貌。不得已下樓找管理員，我用英文胡亂說明，管理員則臉色鐵青，慢吞吞地從櫃檯後起身，極不情願地拿出整串鑰匙，一路叮叮噹噹響徹樓廊走道，可以感覺得到他強烈的憤怒與不耐。

走近房門，管理員的怒氣達於高峰，那神色彷彿我是十惡不赦的壞蛋般，然後他粗魯地檢視門鎖、卡榫等等，依然臉色鐵青不發一語，最後砰然一聲，將房門重重關上，揚長而去。我鬆了口氣，正待換下衣裝，進行打掃工作時，房門又相當粗暴地被打開，沒有任何示意與告知，管理員自個兒蹲在地上開始撥弄門鎖，乒乒乓乓一番，這會兒果眞整棟樓層盡知了。抵達初日，便受到驚嚇復驚嚇他人，委實尷尬。

入韓後的陌生、慌亂與不適，交織著離鄉的愁緒、懷鄉的情感，讓我在初履異地之際，委屈頓生。

# 盆栽

來到首爾轉眼兩週有餘，一直惦念著該外出買個盆栽，放在家徒四壁的屋內，好爲寂寥的空間添一絲綠意。然而行過路邊小攤，那些隨意擺置的盆栽看來都委靡散漫，比異鄉客還了無生趣，委實令人氣絕。

某日下課之後，巧遇教授會館內對門而居的崔教授，崔教授來自中國延邊大學，猶記得初來當晚，便撞見他相當隨興地穿條家居內褲坐在屋裡，房門洞開，原來天熱室內又無冷氣，不得不如此通風納涼一番。大約沒想到會有女性房客忽爾抵達，雜沓忙亂裡，他循聲探看，一時間手忙腳亂，遂趕忙躲回房內，匆匆套上外褲出門招呼，這是我們尷尬的首次會面。

崔教授在首爾擔任客座教授已半年有餘，因爲是朝鮮族，所以語言溝通上毫無問題，看來過得比在國內時還愜意。入住教授會館之後，連續兩三日清晨，我推房門外出，俱隱約看見對門虛掩的臥室裡，有妙齡女子端坐牀邊梳妝，對鏡塗抹口紅；另一日迎面遇見，女子更穿著細肩帶小可愛，觀其臉龐輪廓，頗類韓人模樣，心中不免生發無盡想像：來此異鄉，尚有佳人相伴，莫非是忘年之戀？還是異國豔遇？也許是學生傾慕老師？越數日，偶聞其他來自中國的老師閒聊，才知曉對方是崔教授的愛女，由於畢業後暫無工作，所以隨父至首爾遊覽。我不免感嘆現實的面紗一旦被掀開，便少了神祕豔情等諸般況味。

崔教授人頗熱心，許多韓文書寫文件，都自告奮勇替我翻譯。在異地教學有諸多不便，連網路上所公布的學生選課名單及成績登錄指南，也一律用韓文書寫，因此我常需煩勞崔教授，幾番登門請教後遂逐漸熟稔。這日我與崔教授課後途中巧遇，便一同返回教授會館，沿路我與他閒聊：「延邊大學在哪兒啊？」「長白山妳知道吧？」崔教授反問。「知道啊！」腦海裡即刻浮現了古遠的旋律：「長白山上的好兒郎，吃苦耐勞不怕冰霜……」然而歌詞中那健壯「好男兒」形象，與眼前年高德劭的教授神貌，落差委實頗大。「延邊大學就在長白山下，吉林省。」崔教授的聲音把我拉回現實。

這簡單幾句問候，彷彿讓彼此的距離更拉近了一些。抵達宿舍後，崔教授返身入屋，轉眼便抱出個盆栽來讓我擺在屋裡。對植物我並不熟悉，喚不出芳名，然而盆栽那綠葉披垂的模樣，像極了蓬著一頭亂髮的流浪漢，挺有人味兒。夜裡我獨自一人出門吃飯、購物，眼裡熙來攘往都是陌生人群、耳邊飄忽而過皆是異邦語言，熱鬧全是他們的，只我充耳不聞。從寂寞的街頭晃蕩回來，入門即見披垂著髮、鵠立入口的蓬蓬綠意，那盆栽裡的植物浴在微光裡，玄關的暈黃燈火均勻灑在它身上，是個溫柔等待我歸返的家人。

綠色植物爲寂靜的時日帶來生機與暖意，這是過去身在故鄉的我從不曾感受過的。原來人都需要些依靠與寄託，有聲無聲、動靜暖涼種種物件。就像家人隔海爲我寄來日常慣用的杯盞，異鄉微涼的夜裡，我手捧熱茶反覆在雙掌間摩挲，這才感受到安全與幸福的包裹，彷彿重回過往的生活時空，有我熟悉的所愛相伴。於是終於知曉，什麼叫戀物。

# 我的韓國友人

初抵韓國外國語大學校，便臨時被告知必須教授「漢語會話教材教法」課程，內容以「指導研究生如何進行首爾高中生漢語會話教學」爲主要目標。然而一方面首爾當地的教育政策、教學內容及策略等，顯然不是外籍老師所能了解與勝任；另一方面，我遠道而往，隨身不可能攜帶太多參考資料，當地又全無資源。外大教育學院系主任唯一提供的訊息，是請我去電請教上學期擔任該門課程的教師。

初至異地，生活尚未安頓、心情還待調適，兵荒馬亂中又得爲教材傷透腦筋，壓力頗爲沉重。經去電詢問，對方雖熱忱告知，但會話教學究竟非我所長，聞之不免心情低落。直至交談末尾，盧老師忽爾告知，他亦來自台灣，隔著冰冷的電話線，當下我頓覺感動莫名。課程方面的問題雖未解決，但在人生地不熟的異地，得識一同鄉便是無盡喜悅。

果然隔了數日，盧老師便熱情來電，言及打算介紹數名韓國友人與我認識，日後也好提供照料與協助。約定見面的當天傍晚，倏爾下起雨來，盧老師猶且體貼地來電詢問可有雨具？出得校門，遠遠見著一張親切臉孔，如其所自陳：中年微胖身材，鼻梁架著眼鏡，是好相處模樣。盧老師身邊圍繞著三名友人，個個笑容滿面，見著我便有禮地招呼，交談間且刻意使用中文，生怕冷落了異鄉客。

三名友人中，樂天開朗的金小姐研究、翻譯張愛玲作品，近期較關注者則爲李昂小說，在此地找到研究台灣現當代文學的同道，實在難得。另兩名朴先生及金小姐，則是語言學專家。我後來得知三位友人都是韓國外國語大學校的中文博士，目前則在首爾地區的其他大學任教。

席間研究張愛玲的金小姐妙語如珠，氣氛和諧愉快、全無拘束，後來得知我們五人年齡大約相近，談笑間更添親切。用過餐後，冒著連綿不斷的雨勢，韓國友人們熱情地邀約續攤歡唱。此地 KTV 自然全是韓語歌曲，盧老師細膩，默默前往櫃檯詢問，數分鐘後國語歌本隨即送來。

我略一觀察，此地所聚焦的華語歌手與歌曲，自然與台灣大不相同。盧老師及韓國友人們刻意點了幾首英文及中文歌曲，全是爲了同樂，不願冷落異鄉來客。眾人一邊飲酒、一邊唱歌，間或搖起鈴鼓助興，間或起身翩翩起舞，時光彷彿倒退回歡樂的年輕時光，只是沒想到竟是在異國微雨的秋夜，與四名一見如故的陌生友人們。

韓國人果然善飲，幾杯燒酒下肚，情感的表露更加坦率，朴老師和金老師競相標榜自己的拿手菜，並說好日後來我住處炊煮，一展身手。我只怕居處簡陋，連基本廚具亦不完備。眾人聞說我來自金門，又轉而鼓譟要喝陳年高粱，並說好下回返國後須攜來好酒，他們願備美味狗肉下酒，我當場連呼「敬謝不敏」。末了，在微醺的美好氛圍裡，朴老師告訴我，日後有任何急事都可去電，若是手機未接，是遇上開會或上課，莫要介意，他一定回電。金老師則像姊妹淘般，拉著我又往咖啡館裡坐，醉態可掬卻也真情流露。

在仍然飄著微雨的首爾街頭，將步履踉蹌的金老師送上計程車，沿著街頭走回外大的教授會館，我亦醺醺然間醉意襲湧。各人酒後言語是虛是實，早已無關重要；能在離鄉多日的緊張、不安與惶惑心情中，偷來一個放鬆的夜，自屬恩賜無限。這是抵首爾之後，一個最初最美麗的夜晚，我當深深記取。

# 學院，風情殊相異

▲十一月初雪降下的首爾。

# "C'est La Vie"

開學首堂課要求大家用中文做自我介紹，其中兩名學生的發言內容讓我暗自咋舌。在陌生的老師和同學面前，他們都很甜蜜地提到，待今年畢業後，各自都將有結婚計畫。雖然知曉此地大學生的就學年齡普遍較台灣稍高，但掐指一算，這兩名男女也都不過二十五歲上下，這麼早走入婚姻是何打算？

期中報告之際，那名服空軍役的男孩，上台做了罕見的深度演說，是關於韓國民俗文化——假面劇的介紹，他約略說明了假面劇的諷刺意圖、三種各具地方特色的劇種；同時提到服役期間，在部隊裡也曾學過假面劇，「洛陽，洞天，梨花，亭！」是必呼口號。我雖聽得茫茫然，但覺頗有興味，現場也少見地有同學提出問題請教。男孩沉穩應答，並允諾將再深查資料，答覆同學的提問。

不想下課之後，他恭謹地來到講台前，說明下週必須請假。未待我有所反應，男孩馬上說明，因為前幾天遭到退婚的打擊，所以想請假在國內旅行，藉此撫平傷痛。望著男孩平靜的臉，一瞬間覺得受到打擊的彷彿是我。我手足無措地問他：「怎麼回事？不是說好就快結婚了嗎？」男孩依然沉穩地向我解釋，由於雙方家長反對，女方亦覺得彼此的個性不甚適合，所以最後有退婚的決定。

我問男孩：「你還好嗎？」另一名年長女孩默默蹭到我身邊，用簡單的中文說：「他哭了。」其後從當事人有限的說明語彙裡，我約略勾勒出事件輪廓，但囿於語言溝通困難，身為老師的我，實在無法用稍微艱深的字句，向他表達安慰或進行開導。我只能拍拍他肩膀，邊比劃著手勢邊告訴他，沒有關係，你還年輕，但是在感情裡，要明白「放手」和「追求」其實是一樣重要的，懂嗎？

男孩點點頭說，知道。未料女孩在旁邊忽然帶著微笑告訴我：「老師，我和男朋友也分手了！」這是驚愕之晨嗎？我忖度著。女孩說，她和男友交往多年，但覺得自己並不愛他，所以前晚，她發了 e-mail 給刻正於美國攻讀學位的男友，提出分手要求。「對方答應了嗎？」我問。女孩說尚未接到回信，但她決定不結婚了。

與兩人道別後，我走在上午陽光燦亮的校園裡，心裡又涼又暖地，恍惚間只有一絲感觸：所有年輕臉孔受傷的表情都一致，無須言語，你自能感同身受。在冬陽溫煦的照拂下，我的心裡昇起一絲絲痛惜。

夜裡仍有課。上完教育大學院的「漢語會話教學與指導」，已是十點整，我在陡降至接近零度的空氣裡瑟縮著，穿越小小操場打算躲回宿舍。遠遠地，有人在空地那裡布置著簡陋而溫馨的聚會，圓桌成圈擺放，桌上都點著浪漫的燭光；而在圓心中央，有烤肉架燻烤出無限暖意以及串串香味四溢。年輕學生們用著我不懂的語言，三兩圍坐燭光前嬉鬧飲食，完全無視於夜裡寒意蝕骨的冷空氣。我當下遂復感到又冷又暖地，歆羨有加，卻不敢駐足。

首爾的初冬讓我無力招架，雖然尚未結霜，兩腿已然凍得冰涼。我哆嗦著回到室內，讓快要失去知覺的雙腳暖暖踩踏著地板，那逐漸回暖的腳趾，彷彿感受到地底下湧動著熱水的管道，在汩汩發出歡快的嘆息。我靜靜體會並想像著一種溫柔的撫觸，由趾間至於全身，在異鄉的冷夜裡。

夜更深了，窗外仍有似近又遠的喧鬧聲，我不明白此刻他們仍在歡快著什麼、慶祝著什麼，然而竟是不能成眠了。在凌晨的斗室內，我站在窗邊靜聽著那些不明所以的呼喊，像寒夜裡遙遠的星光，迢迢呼應著腳底仍在汩汩流動的暖意。白天裡的對話錯錯落落、或遠或近地回到耳畔，我忽爾感到一點點模糊的安慰與感念，是語言不能，也無須表達的。

"C'est La Vie"—

# 「逃北者」一瞥

夏日的首爾酷熱難當，卻是女孩們最鍾意的季節。韓國女子多擅於裝扮，豔陽天白花花的麗日下，滿校園裡都是穿著短背心、迷你裙，足蹬三吋高跟鞋的妙齡少女，身段婀娜多姿不說，這一兩季流行的幾何圖案，大膽色調穿上身，簡直個個都成了翩翩飛舞的花蝴蝶了。上課途中一路欣賞美景，頓覺心境彷彿也年輕了起來。

教室裡光線既充足，學生反應又活潑，本週的課文主題是「在商場」，漢語會話課本第一句相當應景：「今天天氣眞好，悶在家裡怪可惜的。」我順勢向大家提問：

「平常出去逛街嗎？」

「不用逛啊，上網買東西就成了。」

「你們知道現在台灣青少年怎麼稱呼整天關在家裡的男孩嗎？」

「……不知道。」

「宅男。那整天上網不出門的女孩呢？」

「宅女嗎？」

「嗯……正確地說，是『腐女』。」

我轉身在黑板上寫下「腐」字，眾人立刻發出表達噁心的嘖嘖聲，隨即以「宅男」、「腐女」互相指稱，滿室喧鬧調笑。其中唯獨一名年齡看來稍大的女生，端坐椅上低頭沉思，並不與身邊的同伴交頭接耳。我注意到她是這間教室裡一面陰鬱的風景，無論我說了什麼笑話，她臉上一貫毫無表情。也許是漢語程度不佳吧！她總是埋頭做筆記，不敢正視老師，偶爾點她練習會話語句，也唸得結結巴巴、發音古怪，然而當我踱到她課桌前時，卻發現攤開的筆記本上，密密麻麻寫滿了自己練習的造句。

於是我很少點名要她發言了，怕她因屢受挫折，對於語言學習灰了心。下課後，由於尚未熟悉校園周遭環境，我徵求自願者陪同上銀行辦事。女孩旁邊的密友很熱忱地毛遂自薦，我們遂一同前往。途中，我詢問她：「妳跟美玉是好朋友嗎？」「嗯，那位姊姊是北朝鮮來的，她學漢語很慢。」我楞了一下，「北朝鮮」這個語彙第一次如此切身地穿透耳膜，然而當時我對它一無所知。

學期終了，我沒讓美玉順利通過考核，她必須重修。然而新學期伊始，美玉又出現在我課堂上，同樣認眞地學習、始終呆滯的表情，每回我找她聊天時，她總是緊張得手足無措。另一個任教班級裡，有張陌生的面孔似曾相識，幾週後我終於恍然大悟，那名女孩看來雖然比美玉略略年輕，但卻同樣神情木然，不言不笑，她們臉上有一種共同的沉默力量，無表情下包藏了太多隱含的表情。

女孩相當努力學習，然而在滿室翩躚欲舞的花蝴蝶裡，她是永遠隔絕的存在，微胖的身軀略顯笨重，大眼眸則烏黑得近乎空洞。她的漢語程度不錯，但口音卻與美玉同樣古怪。

期末考前，女孩向我請假，說有事必須赴英國一週。我心裡有些不快，思忖著莫非是有錢人家的小孩，課業也無須照顧便逕飛英國度假？她很誠懇地請示老師，期末考當日無法出席，該如何補救？我只得交代她，一從英國回來便給我電話。

下一個週末夜裡，我接到手機來電了，與她約好兩天之後，來教授會館筆試。到了考試當日下午，三點整電話打來了，我告知女孩宿舍號碼，她一路聽著，一路古怪地「欸」、「欸」應聲，像個東北老太太。

筆試之前我先問女孩，到底爲何必須在期末飛往英國？「是跟教會去的，老師。因爲我是北朝鮮人，他們希望我去那裡說說自己的狀況。」我楞了一下，沒預料到「北朝鮮」三個字，會由她口裡如此流暢地說出。

還是將卷子交到她手中，女孩一邊沙沙寫著答案，我腦袋裡一邊嗡嗡轉著無數問號。她答題相當快速，完成卷子後，尚比預計時間早出甚多。我於是請她坐下，開始拋出一個個問句。

「妳剛剛說自己是北朝鮮人？那什麼時候到南韓來的呢？」

「我十九歲離開北朝鮮的。」

此際「逃北者」三個字竄入腦海。「和家人一起逃出來的嗎？」我又問。女孩相當簡潔地開始向我陳述家庭狀況，在北韓，父母分別在女孩五歲、十五歲時因病過世，妹妹早早便被送到孤兒院，她則隨奶奶一起生活，然而奶奶在女孩十九歲時也離世了。當時有位阿姨答應帶她去中國，人家都說去中國可以掙錢，在走投無路之際有人願意伸出援手，女孩當然別無選擇。

我看了一眼桌上的護照影本，那是她初進門時取出來作爲請假證明用，當時我但覺這學生行事可眞是一板一眼！護照上面記載著女孩的出生年份是一九八〇年，那麼當她十九歲時，應該已到了中、韓邊境較難偷渡的年代。報上說，北韓在一九九四年曾經發生過重大飢荒，最初政府默許人民越過邊境找尋米糧，帶回家中餵飽妻小，兼可減輕經濟壓力。然而後來，中韓邊境的朝鮮難民吸引了大批人權組織、新聞記者乃至聯合國調查機構的關注，兩國政府不得不開始加強邊境巡邏和監管。但嚴厲的措施並無法阻止非法越境者，偷渡者反而必須花費好幾個月的生活費，才能買通邊境的警衛隊爲他們開路。

那麼，好心的阿姨到底花了多少錢，才讓女孩順利逃到青島呢？女孩說，阿姨其實是把她給賣了，她被帶到一位行動不便的老奶奶家，做人家的「保姆」。「保姆？得每天幫忙帶小孩嗎？」我很無知地問道。

女孩說不是，她必須燒飯洗衣，照料老奶奶的生活。我想起前陣子，朝鮮日報曾屢次提到該社製作的一部逃北者題材劇情片：《Crossing》，因爲是車仁表擔綱主演，我特別瞄了一眼報導，上面寫著「內容包括脫掉褲子渡過圖們江，以四萬六千韓元的價格被賣到中國的北韓女性、赤身裸體游過江販毒的北韓男性、被賣到中國後經歷苦難的北韓女性」等等，不意此際眼前竟活生生站著位逃北少女。

我有些愣然了，那些逃亡的子夜、寒冷的江畔、衣裳簌簌摩擦的聲音、黑暗中靜默脫下裝著，以防任何風吹草動引來監視者的小心翼翼……怎麼也無法將這些情景，與眼前的大眼女孩聯想一處。我甩甩頭，將腦海裡想像的電影情節逐一抹去。

「那麼，妳又是怎麼從青島逃到韓國來的呢？」

女孩說當時她每天清晨五點起牀炊煮，忙到九點以後，便偷空自習漢語，因爲在老奶奶家工作不給工資，一輩子無法自立。她知道要離開那個家，必須先聽懂漢語、看懂漢字，所以暗地裡自修了四年，然後趁隙從老奶奶家逃出。我於是明白了，方才手機裡女孩頻繁「欸」、「欸」著的聲調，原來刻鏤著她過去漫長的生活軌跡。

從主人家逃出以後，也許才是苦難日子的開端吧？我不忍追問女孩，在既無親人、又缺乏經濟來源的那幾年裡，她是如何照顧自己的？女孩只簡單告訴我，後來她聽到廣播裡有位牧師提到，可以幫助像她這樣的人前往南韓，所以輾轉與牧師取得聯絡後，她便隨同教會來到韓國，至今已經兩三年時間了，始終住在教會裡。

「嗯……現在的學費、生活費又從哪裡來呢？」我再問。女孩表示南韓政府每個月補助韓幣三十萬元，她在教會裡打工，每個月的薪資則有五十萬，我算算這筆收入，大約是目前大學生畢業後，初入社會的起碼薪資。

然而我又聽說了，南韓政府對逃北者的補助與救濟，期限並不長，逃北者沒有家人能夠給予經濟及精神上的支援，又因爲口音、生活習慣的差異等，普遍受到歧視，無法融入韓國社會，生活其實倍加辛苦。畢業後謀職，也因自身對韓國社會缺乏理解，甚難進入大企業工作。但是逃北者仍在持續增加中，截至二〇〇七年爲止，居於韓國者已突破萬名，社會上也漸有負面聲音，認爲「逃北者」已經成爲南韓社會問題的根源之一。

艱辛的處境卻毫無奧援，我很爲女孩擔憂。「那麼，現在在首爾妳沒有親人了？妹妹呢？」女孩說妹妹已經離開孤兒院，去年她們才在青島碰過面，是女孩花錢請仲介人代爲聯繫處理的。妹妹不打算隨姊姊到南韓，因爲她在北韓已經有了工作，也交了男友。「如果她願意來，我一定花大錢把她帶出北韓的。」「十年來第一次見面呢！」隔了半晌，她又幽幽補了一句。

我但感泫然，眼淚快要不爭氣地奪眶而出。此際，她忽爾起身，手腳麻利地從背包裡取出一盒金莎巧克力，說是從英國帶回來，要送給老師的。我忙不迭地搖手拒絕，但她堅持要我收下，說這是爲了謝謝老師的教導，直到我拗不過拿著，她才恭敬有禮地告辭。那時我看到，女孩臉上的表情少了平日的木然，多的是一份訴說後的平靜。

腳步聲慢慢消失在長廊盡頭，我的腦海裡卻還迴盪著方才最後的問句：「妹妹交男友了，那麼，妳現在呢？」「我沒有男朋友。」她坦然回答。

在首爾閒居的辰光裡，我開始接觸時下最流行的浪漫韓劇。兩三年前拍攝的愛情劇《My girl》，刻正在電視頻道上重播，典型流浪女巧遇富家公子的情節，由於一連串相遇的偶合，女主角所有欺騙的行爲最後都獲得原諒，她奇蹟般得到了愛情。結局相當浪漫，男女主角重逢於首爾的著名景點「六三大樓」，當初女主角曾經誆騙男人：從地面直達最高層六十樓頂，需費時一分二十秒，據說若在這段時間內憋住氣許願，願望便會實現。男女主角終於完美達成了願望，他們快樂地在電梯裡擁吻，於是昨晚劇終時，六三

▲首爾著名景點「六三大樓」。

大樓也閃耀著黃金塔般的光芒。

多麼美好的畫面！客居首爾一年，我所見所聞，多半凝止在這些燦麗的場景裡，然而短短一個下午，我卻嘗到了金莎巧克力甜美口感之下的苦澀與虛幻。我知道逃北少女很難飛上枝頭變鳳凰，因爲她空洞的眼神裡，少了女主角靈活的顧盼、可愛的表情以及鬼靈精般的慧黠心思。無論是美玉或者女孩，我看到她們閃躲的垂目與憂鬱的凝視裡，除了自卑、懷疑和困惑之外，更多的是面對新世界的驚惶；她們是蛾，不是蝶。無怪乎逃北者金榮洙辛苦與家人取得聯繫，知道妻子卻已身亡的消息時，會在《Crossing》裡怒聲咆哮：「爲什麼耶穌只在南邊？」

我從一連串怔忡裡緩緩回神，攤開桌上的試卷開始批改，命題裡有「寧可……也不……」的造句練習，我看到女孩在答案紙上寫著：

「我寧可餓死也不會去北韓。」

以中級漢語會話課的標準而言，這是個太簡單的句子，很難拿到高分。但我透過紙頁，卻看到了更複雜、更沉痛難言的情感。於是，重重地在卷面上打了個大勾，我知道女孩已經透過眼神及言語，明確讓人知曉，這其實是個涵義深刻的句子。

# 教學怪現狀

教了一學期的課，期末登錄分數前，早有老師提出警告，韓國學生酷愛「要」分數，認為那是對自身權益的爭取，所以成績確認時必須相當小心。

平時由課堂表現、小考成績、作業及報告狀況等，我已約莫知曉學生的程度，但有感於大家學習態度都相當認眞，因此輸入成績時，其實已先將所有人的等第，都提高了一級。然而不得不說，自分數公布後，每天接到的電話與郵件，實在令人深感光怪陸離，且幾近荒唐無理。

有名大四學生全學期未到，連期末考亦不曾參加，待分數公布後，他始來信說明原委，先是寫道：「我正在上學四年級第二學期，並即將畢業的學生。而且我已經找到從事有關韓中兩國的工作」；其後，他洋洋灑灑開始鋪陳目前任職公司的性質，然而語焉不詳，此段從略；最後，他再一次提出說明：「老師，我即將畢業的待業青年，以實習人員身分上班該公司，因此，我就無可奈何地幾乎沒參加上課。」信末並且提及，以後一定要好好上課、認眞交作業云云。

讀畢此信，我只有一個感想：原來中文也能寫得如此令人費解。課程已經結束，不知在分數確定後，這封來函的意義爲何？所謂「以後認眞學習」，又從何說起？然而校方規定，老師有解答的義務。

其實這類特殊狀況，源於韓國社會裡謀職相當困難，因此學生在大學即將畢業前，便開始四處投遞履歷、參加面試，能力強者若順利得到工作機會，校方便默許其持單位證明請假，一般只需參加期末考便可順利畢業。然而這名學生我從不曾見過面，學期當中幾次向同學多方詢問其行蹤，亦無人知曉，而期末，他卻突然由文字中「不明不白」地現身，是爲怪現狀之一。

怪現狀之二，亦是根源於求職市場競爭之激烈。據說韓國一般公司面試時，多要求檢驗學生在學時的成績單，$B^+$和A才是老闆可以接受的等級，因此無論學生是否即將畢業，到了期末，大夥兒莫不希望老師高抬貴手，給個好分數；偏偏教師又受限於「相對評價」的規定，每個班級的各個等級都有嚴格比例，因此即使要「放水」也無能爲力。此時，便會有學生來信或電話裡苦苦哀求，由於日後找工作有壓力，「然而，以現在我的成績，不能找到工作。當然，我自己也知道我沒有得到A的資格，所以請問您，可不可以給我B⁺？我現在的情況眞的『切迫』」。我只能說，如果分數可以靠求情而得，那麼對教師的專業豈非太不尊重了？

再有，學期當中讓學生做報告，其實亦常常教人啼笑皆非。大約他們在漢語學習的初始階段，便被提示了「開場白」的重要性，所以一上台，多像中國人寒暄一樣，先由天候說起。由於韓國早晚溫差甚大，一般而言，學生會對講台下的師生們，先做以下的叮嚀：「『朋友們』，我『願望』你們小心感冒」、「我希望你們『注意感冒』」，接下來言歸正傳，學生是這樣說的：「我現在給你們展開我的愛好」、「我要介紹你們……」。還有些語句眞是樸拙得可愛，尤其在表達個人激動的情緒時，他們會說：「我吃驚的張大了嘴」；看到美好的事物時，他們說「讓我的眼睛簡直不能相信」；嚐到美食時的讚嘆則是：「一句話也不用說好吃的」。的確，一句話也不用說，眞的令人很無言……。

這樣「勇於表達」的學生們，在期末時寫來的信件，一樣相當「勇敢」地表達了訴求：先提天候，寒暄著「好久不見」（其實期末考不過是上週的事），接著問候老師的身體，再次便邁入主題，其中堪稱經典的段落節錄如下：

麻煩您，老師請你幫我的忙。我相信只這個課，可是我得了B⁺。

呵呵，眞可惜呀！

我知道這個課是您自己想的成績給我們，
也知道我漢語說得不好比別的同學，
可是盡管你可以給我$A^+$
我眞希望得了$A^+$。
老師我是眞可惜的人，請多多關照。
請您給我發慈悲吧。
從這兒是我想說話的關鍵。
老師給我機會，請你救濟我。

竟然以這樣的敘述語句，懇求老師在「中級漢語會話」課程裡給$A^+$的分數，只能說，我也「吃驚的張大了嘴」。

不免又想起學期中一回小考，發下卷子稍做檢討後，大約經過細細琢磨，隔週有同學又拿著答案紙，質疑造句部分爲何被扣分，希望能多爭取一點分數。經我說明之後，女同學頗感失望，然而她問我：「老師，如果我下次考好，這次的分數能不能不算？」

來此數月，雖然深深感受到韓國人骨子裡那種不服輸而強悍的性格，也見識到此地大學生在就業市場競爭之困難，然而我還是對這樣錙銖必較的「功利」取向相當不習慣，也期期以爲不可。

# 期末二三感懷

或許由於八月過後，爲期一年的首爾教學生涯便告結束，因此學期將盡之際，分外覺得不捨。在課堂上，我要學生們試著用「短段練習」的方式，寫出一學期來的上課感受，他們筆調儘管稚拙，表達出的心聲卻眞誠無僞。有些人以「感受文」行之，表示上課時感覺非常地「舒服」、「自由」，代表作可舉以下三例：

因爲我明年二月畢業了，爲了準備就業該準備的事兒太多，所以每天來學校上課時，我有點兒累了。可是每週四早上有老師的課，至少這門課才給我一種平安感。

老師的教學方法跟別的老師不一樣，沒有負擔、沒有壓力。跟學生們沒有牆壁的老師的態度，我已經感激不盡了。

我上這門中級漢語會話的時候得到不少東西。第一，我已經學會寫出來、看出來正體字一點點。第二，我交了新同學們還有漂亮的老師……。

至於另一種表達方式，則是以「懺悔文」行之，代表作亦可摘錄如下：

先我想對老師說對不起於不少天我沒上課了。

我很可惜我學習不過癮。上課方式很好，老師很好，雖然我的水平沒有大進步，老師不生氣我。

我的漢語水平不好。所以除了老師說：聽得懂嗎？這四句話以外，我都聽不懂。

每學期的時候老師對我們太好太好，但我學習方面還是困難一些，就是造句對我來說死難呢！

除了「聽得懂嗎」都聽不懂，渾似繞口令的語句眞教人噴飯！這些表達懺悔的同學，大半是班上漢語水平較差者，所以他們會不斷表示：「我困難聽老師的話，我聽不懂一句或生詞」、「我看課文的時候不知道的漢字挺多，那樣的我這節課上困難了」。可嘆原來除了我這異鄉人外，他們亦有失語的困境。

另有一類學生漢語水平較高，他們或用「祈使文」表達熱忱的心意，諸如：

我希望您不回去，一直在外大教漢語，應該不可能吧？哈哈！但這是我的眞心，跟著您這一年，我學了不少東西呢！

謝謝老師，一路順風，我馬上要去看您，等一下吧！

或者學以致用，轉而教誨我「會者定離，去者必返，有緣千里來相識」，儼然一副「揮揮衣袖，不帶走一片雲彩」的瀟灑作風。當然其中也不無焦慮於未來前途者，一位準畢業生寫道：「我現在的願望是『小人』能順利畢業。」呵呵！照這情況看來，恐怕「小人」眞的很難畢業。

除了用書面表達對於老師的感謝與祝福之外，學生們還身體力行，與我相約考完試後再聯絡。他們大抵極有分寸，耐心地等到我將評分確認公告之後，才致電老師，對話內容則如下：

「老師，我們要帶你去好玩的地方。」

「好啊，去哪裡？」

「……不知道。老師想去哪裡？」

我啞然失笑。待到約定日期，一大早四名大男生齊聚校門口，據說爲了這次約會，有兩名學生昨晚特別留宿較鄰近學校的同學住處。拿到「C+」分數的旻奎，當初在卷面的「教師姓名」欄，還特別附註了「漂亮的老師」幾個字，然而諂媚無效，他蹦蹦跳跳走來，劈頭就對我說：「老師，我失望了你！」引得大家哄堂大笑，直說應該將成績再降爲「F」。

一路上，這群大小孩不斷讓我驗收一學期以來的上課成果。地鐵門一打開，人潮湧出，泳敏馬上靈活地接了句：「哇！人山人海。」出了地鐵站，陽光晴好，旻奎立刻背誦會話課本上的語句，搖頭晃腦地說：「今天天氣眞好，悶在家裡怪可惜的。」至於閒聊之間，我問他暑假打工累不累，他偏著頭思忖了一會兒，很正經地告訴我：「在星巴克打工忙倒是忙，但挺有意思。」這是課本裡的句型練習。再者，一路上打打鬧鬧，互相調侃，走在後頭的吉元，也毫不客氣地造句了：「金泳敏的頭眞大，大到『筆墨難以形容』。」好小子！居然拿我教他的表達方式來罵人。

這是一趟愉快的旅程，青春自是無限美好，舉手投足間，在在都引人讚嘆。自然美景之外，我亦豔羨於年輕人的生氣與活力，因而備感歡愉。到了夜裡，爲了回報老師，他們不動聲色地在地鐵上，再相邀共進晚餐。席間我們談論著兩岸語言學習的差異，明宣也一再表達，他很謝謝老師「平時告訴我們與大陸用法不同的台灣的詞或表達」，其他像正體字的寫法、台灣文化的介紹等等，他說都饒富興趣。我相信這並非客套話，因爲由上課態度方面已得到印證。

學生們點了海鮮煎餅、蔥油煎餅等，配搭韓國傳統的民俗酒：東東酒，在小酒館裡便向老師敬起酒來。當我看到幾名大男生，舉「碗」敬酒後，紛紛側過身子飲酒時，當下眞是感動莫名。在小酒館溫暖的氛圍內，一時間百感交集，眼眶也熱了起來，那是一種眞誠的尊重與喜歡，也是師生之間最美好的互動。

三杯酒下肚後，羞赧的泳敏開始不斷提問了：「老師，我們四個人，台灣女孩最愛誰？」我笑說他們是韓版的F4，各有不同特色與「粉絲」，他還是要打破沙鍋問到底。這名大男孩說他已年屆二十七，難怪平時對老師便特別細膩體貼，課堂上，永遠記得遞飲料、擦黑板；課堂外，鎮日亦跟隨老師身後，幫老師拍照留念。吉元亦然，搞笑之外，對於個人生涯規畫則相當胸有成竹。至於其他兩名較年輕的孩子，雖說已滿二十二歲，然而稚氣未脫。明宣告訴我，父母都在中國大陸經商，他自十九歲起返韓求學，便少與父母見面，母親經營餐館，他卻說：「我吃不到媽媽煮的菜，我眞想吃！」旻奎則很艱難地向我表達他的心聲：「老師我要說很多話，但我不太會造句。」

夜闌人靜，這群學生還謙恭有禮地將老師送到宿舍門口，然後頻頻保證：「老師，我們一定去台灣找妳。」「我要好好練漢語，現在我不會說很多，以後我都會說。」我想著另一個班級的幾名學生亦然，老師爲他們寫封推薦函，便道謝頻頻，眞誠地請老師吃飯；席間一名同學則向我表示，他小時候生病，聽力受損，因此學習語言相對困難，大二時一度放棄，但現在又重拾興趣了。我不覺有些心疼，也恍悟爲何他的聲調總是抓不準，然而這孩子是認眞的，課堂外常常向我提問。

台灣的學生在MSN上笑謔著說：「妳走到哪裡，都可以跟學生混得很好耶，超強大的啦！」然而在我心裡，他們都是純良的孩子，我從學生身上獲得的感動，遠比付出的多得太多。告別這群大孩子，我只有一層憂慮，在韓國如此講求「關係」的環境裡，日後他們步出社會，也難免世故化。我只願他們面具底下的表情，不要變得太深沈複雜，但願若干年後有緣重逢，我還是能夠從他們身上，感受到如此真誠且純粹的學生氣質。

# 說「大同祭」

五月春暖花開，蟄居日深的懶散彷彿也逐漸甦醒。韓國此段期間除了兒童節、佛誕日、父母節等節慶特別多之外，各種不同名目的活動也紛紛出爐。以大學生而言，由於正逢期中考試結束，爲了抒解身心壓力，也湊趣於春光正盛之際，舉校同樂一番。在首爾，據聞向來以高麗大學、延世大學的慶祝活動規模最爲盛大，一般舉辦四至五天。高麗大學且名之爲「**AKARAKA**」，直譯是「樂下樂下」之意，很歡樂的氣氛，這也正是此類活動所追求的精神。

我所執教的韓國外國語大學校，則將活動命名爲「大同祭」，意謂「大家一起慶祝」，今年且選定於五月二十一至二十三日舉辦，爲期三天。活動期間，最初是標語、宣傳廣告滿天飛，而我大字俱不識。二十一日午後下課，忽見校園裡瞬間搭起形形色色的小攤位，各國飲食充斥其間。外大據說外語科系高達十餘個，攤位的多樣性自然可想而

▲「韓國外國語大學校」為期三天的「大同祭」活動。

知，形成有別於他校的獨特景觀。沿途且有身著各國服飾的留學生，盛裝出門展示，相當具有特色。我看到一名中年大叔穿著浴衣、腳踏高跟木屐，拎個輕便的布袋子，從行政大樓前迎面而過，頓生時空錯置的魔幻感受。

自此日起，客居校內教授會館裡的我，連續遭受高分貝噪音不間斷襲擊長達三晝夜。學生們租借了專業的音響器材及錄影設備，架設於表演場地。從早晨起，陸陸續續便有相關活動舉辦。當中某日正逢會話課小考，班上素愛耍寶的一名男同學竟然缺席，我請同儕與他手機聯繫，傳來的消息是：「老師，鄭某某說他正在參加歌唱大賽，不能來考試。」爲師者也只能無言以對，在學生們眼中，這些活動竟比課業更需積極參與。

除了歌唱大賽之外，傍晚時分，又開始有個人才藝表演、各社團公演等，種種歌舞、戲劇節目紛紛登場。

基於好奇心，某日我在晚餐後出門散步，便駐足觀賞了好一陣子。其時正逢社團的舞蹈表演，表演者身著荷蘭傳統服飾，紳士、公主們排排站好，隨著音樂翩翩起舞，後方且投射出深具北歐風情的圖片，相當有異國風。其後音樂漸歡樂、舞步愈艱難，男伴將嬌小的公主們高舉過肩，旋轉再旋轉，引起周遭粉絲們的驚聲尖叫。

相較之下，「中國語」社團學生的歌舞表演便相當現代，我看不出他們的編舞究竟是模仿周杰倫、陳奕迅抑或是棒棒堂？也聽不出他們苦練的華語，咿咿哦哦到底在表達些什麼？不過，台風倒是可圈可點，充分展示出年輕人的自信與驕傲。舞台設備十分專業，影像投射在大螢幕上，有各個演唱者不同角度的觀照；歌手表演間且會配合情境，投射出變幻萬端的燈光色彩、吹送些製造浪漫情境的泡泡等，氣氛十足，更令台上人頓生明星的光環與錯覺。一群嘻哈男孩於表演中段，不斷對台下喊著「年輕！」「年輕！」這是該社團的口號，倒也是形容大學生們的「關鍵詞」。

然而以上諸種鋪敘，原來全都是暖場。「大同祭」的高潮，據說是入夜後的演唱會。外大學生今年斥資邀請的 Epik High 三人團體，由於其中一名團員車禍受傷，只得臨時取消。結果因禍得福，請出邇來更具知名度的 Wonder girls 團體，一字排開，全是年方十來歲的人氣美少女，迷煞韓國男大學生。當天會場早早便大排長龍，間可看到穿著外校高中生制服的孩子們，結伴摻雜其間，興奮歡樂之情且難掩。我在事先並不知情的狀沉下，夜裡試圖「裝年輕」，下樓與學生們同樂一番，未料會場人牆高築，經過幾番廝殺，才略略靠近表演場地外圍。我在幾位人高馬大的男孩後頭，不斷踮起腳尖，心裡冀望著有學生認出老師，趕緊挪出個位置讓我開開眼界，未料大男生們不動如山，我在人牆間獐頭鼠目地游移、窺視，實在有欠優雅，爲免損及爲師的尊嚴，最終只得敗興而歸。

晚會在夜間十點半左右結束，我鬆了口氣，以爲安寧終於可得，未料此際各色曲風的音樂又吱嘎響起，是學生群聚於校園角落，持續著狂歡。我探頭下望，整個校園裡燭光點點，錯落的露天桌席間有燒酒、有零嘴、有令人食指大動的烤肉，眞是好一片「酒池肉林」哪！聽聞韓國校園裡，對於前後輩的關係相當重視，學長若要學弟喝酒，一杯都不能推辭。如此徹夜暢飲，眞不知有多少人要醉倒校園？其實那三日裡，我確實常見喝到「行路難」的大男生們，被同伴攙扶著，步履踉蹌地離去。

連續三日的演唱會，外大學生們復邀請了韓國知名的喜劇演員，以及男歌手金楨勳（Kim jang hoon）等共襄盛舉，舉校狂歡。大同祭的尾聲，以最終日演唱會後燃放長達數分鐘之久的煙火，畫下完美的句點。那夜已是週末，學生們於晚會結束後，更加肆無忌憚地喝酒狂歡，樹叢間人影幢幢、笙歌處處，完全是一副通宵達旦、不醉不休的態勢。

已經很夜很夜了，耳畔還聽到遠方頻頻傳來異國語音的笑鬧聲，是在起鬨著要某人繼續表演，娛樂大眾吧！青春眞是盈滿的喜悅，彷彿是昨日，未解世事的我們，還在故鄉的校園裡瘋狂地喧鬧著，不肯散去；而今夕何夕，年輕時的友伴俱已星散四方，我則獨自在異地，感受著似曾相識的歡樂氣息，頓覺目下情景宛若李伯大夢一場，漫天歡鬧，只映顯出心境不復昔日的滄桑。

夜愈深，我終於在極度的睏意裡沉沉睡去，夢裡顏已改、人俱老，繁花都萎謝，四野正蕭條。

# 秋天的校園

每週到韓國外國語大學校龍仁分校上課的日子，最是苦不堪言，來回車程需時三小時有餘，更何況首爾的公車司機，自初來首日便領教到可怕的駕駛技術，一路橫衝直撞不說，還隨時隨意緊急煞車、驚嚇頻頻，我每每被震得顛簸眩暈，五臟俱翻攪。

然而龍仁分校是美麗的，由於地處偏遠山區，幅員遼闊，車子甫入校園，便見大門口赫立「正心大道」長碑，此去便一路銀杏成排挺立。尤當秋來之際，滿樹黃葉閃爍如小蝶翩躚，落地則漫漫鋪衍如綿密地氈，惹人注目不已。聽說每每有人抱樹震搖，或待其自落以撿拾銀杏果，蔚爲秋日奇觀。

校園裡的建築傍山而立，在秋陽映照、秋氣瀰漫下，時或呈現清爽潔淨之貌、時或朦朧縹緲，難以辨識，即使晨昏亦各具姿采。有時車行順暢，較早抵達校園，我便在正午的「明水塘」塘邊小坐，甫用膳完畢的師生們，三三兩兩，亦手捧咖啡站著閒聊。塘

▲秋日校園裡的「明水塘」波光瀲灩，有一種靜謐的美感。

裡有水鴨嬉戲其間，在青碧水色的襯染下更顯得白淨小巧。此際秋日的長空颯爽而高遠，空氣寧靜且清明，置身天地間，教人忍不住想將滿懷感動說與人聽。我拿起手機，待號碼撥通後卻又無從說起，只能對著友人喃喃著，秋天眞好。

掛斷通話，眼見上課時間將至，遂起身，沿著鋪滿銀杏地毯的小徑信步行過，空氣裡有著冷冽的氣味，涼風吹來微微刺人；但秋陽颯爽，又稍稍減低了些許寒涼。這深沉的呼吸、這體貼的膚觸，都讓長途顚簸成了過往雲煙，我唯願當下的感動恆久留存。

# 初雪落下

冬季於不遑省識間悄悄降臨，十一月中的首爾氣溫驟降，出門辦事時，我每每被凍得直打哆嗦。身上儘管禦寒衣物一件件包裹著，但冷風拂面，依然有刀刮般的刺寒，雙耳則是早已被摧折得發紅又發痛。大街上行走不多時，我總是不爭氣地躲進咖啡店裡，哆哆嗦嗦地捧著熱飲，待在暖氣充盈的密閉空間中，再也不想舉足返家。

難得無課清閒，在寢室裡窩居竟日，暖氣復薰得人昏昏欲睡。傍晚時分，乃決定出門散散心。一路上我依然緊縮脖子顫抖著雙唇，行兩步便躲進小麵店，不慎卻又誤點了「辣死人不償命」的麵食。帶著灼熱的肚腹、凍紅的鼻子躲回小窩，中心鬱鬱，真是令人氣悶的冬日。

未料夜裡九時許，友朋忽爾來電，低沉的語調聲裡捎來雪的訊息。「下雪了？」我一邊驚呼著，一邊不可置信地拉簾開窗：「我怎麼都沒發現？」「下雪時一般都是沒有聲音的。」友人以平和的語調回應我驚愕的質疑。

是啊，雪落無聲，當窗簾拉啓那一刹那，我眼見雪花飄落窗櫺邊，如貓的步子般，溫柔綿密且悄然；我伸出手感受雪的撫觸，它柔若棉絮，在掌中輕盈緩落成滴水。

初雪毫無預期地提前降臨，我走到街道上，見著男男女女都被乍來的飄雪，逼臨至商家騎樓下短暫佇足，並抬眼靜觀雪花緩緩灑落，那道旁的枯枝被細雪一層層覆蓋，在街燈映照下影影綽綽，有著難以言說的美麗。太多人未料及瑞雪初降，多半沒撐傘、沒戴帽，就連滿臉濃妝的韓國少女，頂著皚皚白雪走過時，那刷得密實的捲翹睫毛，也沾上雪花片片；更不用說年輕男孩了，行過街道時瞬間白髮，滿頭盡是滄桑，倒成就了一種時空驟移的魔幻情調。

都說北國的初雪意義重大，小雪始降之日，多半是年輕男女曖昧情愫最宜於表白的時刻。試想在初雪的冬夜裡，有情人站在白茫茫雪地裡脈脈相望，任雪花飄落於髮際頸間，此刻雪無聲人亦無語，沉默遠勝於言說——這是多美、多純潔、多初始的愛戀！

雪愈下愈大，紛飛的棉絮鋪天蓋地漫漫而來，我和友人在雪中張開雙臂，盡情與柔而無骨的細雪相互擁抱，然後像兩尊雪人般跑進人家 PUB 裡坐下。這是宜於飲酒之夜，我點了 FRENCHKISS，輕輕啜飲雞尾酒，想像著一種浪漫的親吻，與雪花，與異國的冬夜。

當夜闌人倦時，由酒吧裡迷醉地起身，出門雪止亦無聲。我們沿街穿行，捧起薄薄覆蓋於地面的細雪，堆成一尊兩尊小雪人，那雪人無眼無耳亦無口，卻圓滾得憨傻可人。我在乾淨的雪地上踏出成排清晰的足跡，一遍、兩遍……像個孩童般滿足地嬉戲。深夜裡一切都是如此潔白純淨，我卻聽到在雪落後的靜夜裡，體內吱吱喳喳窸窸窣窣地奔竄著呼聲，那是酒後沸騰的熱意，它們正歡悅且細碎地迸裂，在異國皚皚的雪地裡。

# 冬之晤面

我記得初見許世旭先生時的印象。

十一月的綿綿細雨裡，仁寺洞市街上，我與李瑞騰教授及一名外國語大學校助教鵠立等候著。上午我們已經帶著李師散步了景福宮、走逛過仁寺洞裡的畫廊和古書舖；午後則尙有清溪川觀覽行程，然後預計於三時左右送老師回學校準備講演。這半日的行程是許先生所規畫，我們照章行事，只等他中午撥冗趕來晤面。

遠遠地，一名面容白皙、精神奕奕的長者頭戴畫家帽，身著質感甚佳的風衣翩翩而來，頸間那條紅灰紋圍巾，在寒風細雨中格外引人注目。果然是詩人氣質，不待二人相認，我心裡已篤定來者必是許先生。接著，只見他鄉逢故知的李教授緊緊握住來者雙手，許先生雙目炯炯望向我，在李師爲他介紹過後，不疾不徐地說了句：「我不認你這小師妹，來韓國這麼久都沒找過我。」

事隔二日，早晨我在宿舍裡便接到許先生的電話，他說下午將至外國語大學校接受專訪，行程預計在四時左右結束，要我等他聯繫好見面。我乖乖地在宿舍裡待著，靜候長輩來電指示。近四時許，許先生果然一通電話撥進來，語調愉悅地說明採訪業已結束，他即刻到校門口等我。結束電話之前並且貼心叮囑：天涼了，多帶件外套。

校門口，許先生依舊風度翩翩地將雙手斜插風衣口袋，瀟灑挺立，他劈頭便問我：「時間還早，不想吃晚餐，怎麼辦？」我也沒大沒小地回答：「那我們去喝咖啡吧！」沒料到許先生更絕，他即刻回應：「我帶你走一段路，去一家很喜歡的小店，我們來喝兩杯！」

沿途他與我親切話舊，並殷殷詢問台師大老教授們的近況。在冬日的首爾街頭，許先生神態颯爽、步態從容，反倒我瑟瑟縮縮地磨蹭著，頂著寒風不住地發抖。於是便來到了他所謂的「小店」，店面甚清爽，室內紅桌黑椅，空氣中散播著電台嘈而不雜的音樂。老闆在店面口的攤位上燒著串烤，恰恰是放學時分，一群學童圍立攤位前，伸長脖子、充滿期待地等著老闆的串燒。我閒坐店裡，把孩童們寒風中紅咚咚又圓鼓鼓的小臉看在眼裡，煞是可愛。

這便有了無分國界的親切感，更何況眼前的許先生，是我抵首爾三個月以來，聽聞說得最道地台灣口音的長者。我們吃著串燒，叫來兩瓶燒酒，許先生細說起一九六〇年代赴台留學的舊事：他抵台數日便結識的摯友楚戈，他與瘂弦、商禽、辛鬱、鄭愁予之間的交遊，詩壇故實由對面長者口中說出，不意文學史上的敘述，目下全成了活生生的演示。許先生且聊起他在台灣發表的第一首詩，源於初至異鄉的週末午後，他百無聊賴獨坐教室內學寫詩，言談間那晚秋蕭索的窗口、那在黯淡光影裡走進教室的葉維廉、那一方掩藏詩稿一方卻非看不可的兩名青年，彷彿便橫越了時空，就在小店門前嬉鬧著……。

許先生的詩稿，後來被葉維廉先生取去了《現代文學》發表。至於文稿，則受恩師謝冰瑩先生多方調教。他說起六〇年代的紅樓，在紅樓破舊課堂外偶然湊耳聽聞的授課聲；他說起當時對一名「老太婆」能在保守校園裡開講現代文學的驚訝，語調裡還不脫年少時的淘氣。在初生之犢堅持旁聽，並按週繳交習作的情況下，一篇篇文稿逐日被先生細心批改，謝先生某日在課堂上且不吝誇讚這名外籍生：「世旭，你現在的文章是『綠肥紅瘦』了！」被批點的紅槓子愈來愈少，青年許世旭的文藝顯然亦正與日俱進中。我的思緒飄回那棟古老的紅樓，飄回大學時代在課堂上聽老師口沫橫飛說新詩、談散文，課後意猶未盡，遂就著昏暗天光，繼續在空無一人的教室裡塗塗抹抹的往事。已經許久不曾憶及了，而原來這卻是世代相承的場景，異鄉閒話之、思量之，一切竟彷如夢中。

攤位邊陸陸續續又來了幾名青年，他們安靜地站著，紙杯盛熱湯、串燒慢咀嚼，偶爾丟出兩句韓語，讓我倏爾重回現實，認清此刻是身在異邦，而非故鄉。老闆相當有禮且細心，遞取串燒時會對著顧客點頭示意「扛撒哈米達」；串燒吃到中途，剪子便伸向前去「喀嚓」一聲，將小棒子橫中切斷，以方便顧客食用，甚是有趣。

杯酒碰撞間，許先生猶殷殷詢問我是否酒力尚可，我但覺醺醺然陶醉甚，醉人者並不在酒，而是身在異地與長輩話熟悉事的暖適。我們復談說起母校的師長們，那位永遠掛著溫煦笑容的院長、那位謙遜且律己的長者，諸般瑣事歷歷在目、銘記於心，而所尊敬的長輩們卻已然仙逝。我在溫暖氣息的包圍裡止不住音聲哽咽、濕了眼眶，而許先生定定坐著，久久沉默，那些，都曾是他的同輩，他的學友。

我不懂爲何會在異鄉、在晤面不過兩次的長者面前失態，但我感受到的，卻是無言中的體諒與可以被了解的放心。那是個難忘的傍晚，當我們就著逐漸昏昧的天光走出小店時，下班人潮正蜂擁而至。我目送著許先生走進地鐵，看他的身軀融入「回基」站裡川流不息的動線中，那乘著電梯緩緩而上的背影，彷彿讓我拾回了什麼，又失落了什麼。

許先生後來贈我詩集及散文集，我在許多篇文章裡，見他屢屢提及自己年歲漸大，愈發多情而善感，與家人友朋離之、別之固然傷感，見著不相干的情事，如「禮拜天坐在電視機前，看一個吃過苦水的拳擊選手，經過一個小時的血戰拿到金牌的時候；或者看闊別了四十年無從查問死生的親戚，一朝經電台聯繫，相會，抱頭痛哭的時候，眼眶很少不紅潤起來。每逢感人的場面，嗚咽總是我的語言。」寒夜斗室裡，我一邊嗟嘆著這正是詩人本質，一邊也不禁揣想，那日昏黃微醺的小店裡，是否許先生亦有些難以言說的感懷？

在冬愈深的雪地，我又想起了昏昧天光中，那初識卻溫暖的背影。

# 後記：

此文最初刊載於二〇〇九年三月廿八日《中國時報》副刊〈發表時編輯改題為〈冬天晤面許世旭〉〉。當年年底，許先生到台灣師大參加「紀念瑞安林尹教授百歲誕辰學術研討會」。距離別後轉眼一年有餘，還記得離開首爾之前，他為我餞別、帶我去飲酒，臨上地鐵，在月台依依看著，些微酒意裡，我當下不禁眼眶一紅。然而許先生在窗外比劃著手勢與表情，告訴我「不許哭」。

因為曾有過這樣的離別畫面，當時得知他將來台灣，自然歡悅異常。黃慶萱老師早早便熱情邀約我於研討會首日中午聚餐，當天兩位多年不見的老友撫今追昔，甚是感慨。許先生說他在台灣師大有過太多美好的回憶，此次故地重遊，走在師大路、溫州街上，「我是踩著自己的影子」；而好友在其短暫駐留期間，紛紛請他吃飯，他又說道「這時候恨不得多生出幾張嘴」。這些詩趣與童趣兼具的妙談，令我印象深刻莫名。席間我也將〈冬之晤面〉一文的剪報，帶給許先生聊充紀念。

聚餐結束後我未再前往研討會會場，據說許先生後來略有酒意，乃相當隨性而調皮地從會場溜走，小憩片刻後再行歸返。隔日清晨，我在睡夢中被手機聲驚醒，聽聞昨日熟悉的聲音。許先生首先十分禮貌地致歉，他說知道我還在休息，但因即將趕往研討會會場，不得已才選擇清晨來電。

「昨天晚上地牛翻身了，你曉得吧？」他問我。許先生說他剛回到旅館房間躺下，便爲地震所驚嚇，「當時我以爲這次回不去首爾了」，而後在餘震裡他竟夜難眠，遂順手取出拙文閱讀。不想在旅次中閱畢，他一早來電只爲告訴我，「你怎麼能把當時的情景記得那麼清楚，寫得那麼傳神？」

那是我們最後一次的會面與通話，其時許先生依然風度翩翩、神清氣爽，我亦知曉他始終保持每週登山、打桌球的習慣，對其健康情形相當放心。也因此，當許先生驟逝的消息，於二〇一〇年七月初隔海傳來，黃慶萱老師與我幾度懷疑是否爲誤會一場？然而黃老師說了，幸而曾有過那麼一次美好的會面，終是無憾。這篇小文現今讀來，也算是對於許先生的敬意與懷念。

# 思念，漂泊者的宿命

▲唯有置身沙漠，才知水為何物。

# 沙漠與水

If you wish to be the universe,
sing about your hometown.
You must know your hometown
and love it.

Leo Tolstoy

首爾冬日虛弱的陽光，忽隱忽現映照著已然枝葉落盡的枯索校園，假日裡人行稀少，尤其顯出空蕩蕩一片殘冬景致，我在冷冽的空氣裡行走，貪戀著一絲絲陽光善意的撫觸。這時節，我連台北熱烘烘、黏膩膩的暑日都想念。

是在那樣的節候裡離鄉，閉上眼，彷彿還站在台北正午日頭的烤炙下候車，背後汗淋淋，眼前蒸騰騰，空氣裡浮漾著迷濛高熱的氤氳；而車潮熙攘，滿街全是廢氣，周遭則散發出蓊鬱潮霉的汗酸。種種熟悉的氣味尚殘留在鼻息裡，而今北國卻已然進入深冬。

娜汀・葛蒂瑪的《偶遇者》（*The Pickup*, Nadine Gordimer）裡，祖麗帶著好奇的眼光與丈夫去到貧窮落後的阿拉伯，當她在枯竭荒漠的生活裡，偶然見著綠油油的稻米田時，那躍入眼前的描寫是動人的：「沙漠是闇啞的，但在沙漠的中央，卻竟然會有這樣的光景，有這樣無限伶俐的傾吐：一種純粹的聲音。」

我也聽聞過那樣純粹的聲音，在許多異鄉靜謐的深夜裡。初來時，夜夜亂夢無數，夢裡都是過往生活裡再平凡不過的場景：也許是與友朋相約上陽明山；也許是和手帕交走在台北街頭逛百貨公司；我且在第一天上課回來後，夜裡夢見被台灣那些可愛的學生們作弄。中夜倏然驚醒，披衣外望，窗外卻陡然是陌生景致，霓虹燈且在遠處閃爍著於我如天書的拼音文，遂從寤寐裡悠悠醒悟：而今已然是在他鄉。當我在清寂的夜裡繞室徬徨時，那些夢裡的景象，嘈嘈切切地發出不同的音頻，彷彿在提示著我過往生活的存在，它們那麼瑣碎，於彼時意義卻清晰。

「一個人想知道水是什麼，就得跟沙漠一起生活過。」我漸漸了解，初來時朋友帶我往E-MART購置生活用品時，面對假日裡攜家帶眷推著購物車採購日用品的韓國家庭，我的傷感爲何油然生起？在過往，類如家樂福式的大賣場，原是我非常厭惡前往的所在。我也想起在回程車上，嫁爲韓婦的莉芳接到小女兒來電，她邊開著車邊對著話筒耐心提示：「在廚房流理台那邊，第二個櫃子有沒有？找到了嗎？」那些繁瑣日常、一度令人倦乏的生活，爲何在彼時卻招惹得我熱淚盈眶？而我更憶起莉芳和來自西安的客座教授，都喜歡在車上聆聽的鄧麗君，她們曾說，有時在夜裡開車經過漢江，看著遠處零零落落的燈光，在安靜的車裡傾聽小鄧的歌聲，相當有感覺。我想像著那畫面，隱約明白那是一種共同的鄉愁。

是啊，也許必得在沙漠裡待過，妳才能眞正理解在自己生活裡，原來曾經流淌著的，那一直存而不在的水是什麼。

# 尷尬的中場休息時間

首爾一學期的講學課程結束後，回台灣暫度寒假，師長、學生們初見面的問候，一律是：「韓國好不好玩？」我無言以對，只能回答：「回家比較好。」

返台半個月裡，我走了半座城市的百貨專櫃，瘋狂地大肆採購。在魔法屋般的每間更衣室裡，我反覆試穿層層疊疊的衣裝；在光潔明亮的每面鏡子前，我重複走著台步顧盼自憐；在專櫃小姐一迭聲的讚美裡，我臉上掛著虛榮的微笑，然後拎著大袋小袋，滿面春風依依不捨地踏上歸途。即使走在空氣冷涼的黃昏或飄雨泥濘的深夜裡，整座城市彷彿都熠熠閃著亮光。

我把血拼得來的戰利品一件件收拾好，摺疊著吊掛著，然後不時打開衣櫃，滿懷愛憐地凝視、撫摸、欣賞，卻並不穿它。我意識到自己成了囤積狂了，然而我在囤積些什麼呢？我其實是在寶藏整座城市的美好，並鄭重地收取、裝箱，以儲備重返異邦時的能量。

回到台灣的第一天傍晚，出門覓食時，走在路上被久違的、颯颯呼嘯而過的車陣所驚嚇，瞬間倉皇失措，活像個沒見過世面的鄉巴佬，這才意識到離家久了。在首爾，處處是空曠的馬路、寬敞的街道，我行走其間只覺煢獨，卻不聞異邦盈耳之音聲。

第二天，我坐在台北的公車上，看著即使寒流來襲亦毫無畏怯之色的人們，在灰暗的天色裡頂著寒風、頭戴小帽頸繫圍巾，忙碌地穿梭來去於午後的市街，心裡充滿了暖暖的幸福感。

我們都在這個小島上這麼擁擠又這麼熱騰騰地活著、走路著，並且快樂著苦惱著，雖然它眞的很亂很缺乏眼界很沒章法。

回望首爾，我的腦海裡浮現起瑟瑟冷風裡千葉落盡的枯枝，抖索在寒風裡；風裡有一個孤單行走的我，我訥訥地蹭著，在清寂的午後、在走往超市的路上。我揀選了一大袋蔬果獨自返家，心裡寒愴得很，感覺自己彷彿剛剛在超市裡看到的中國留學生，獨在異鄉鍛鍊刻苦的心志。清冷的店家門口有醉漢路倒，然而我無可如何，因爲失語的緣故。

在異鄉懷想故鄉，於故鄉回望異鄉，我有一點感慨，然而並不眷戀。雖然知曉仍得與那城市再和平共處半年，然而我的好友說了：「在台灣得意時就先盡歡，要回去時再頭痛好了。」

這是尷尬的中場休息時間，信哉斯言。

# 漂鳥來回

去歲年終離開首爾前，城市裡雖已下過幾場小雪，但都在悄然無聲的子夜，大多數時候，我只能開窗或伸手欣然撫觸，或靜靜凝視著雪花的墜落。時隔兩個月，原本期待隆冬漸逝、天候將逐漸轉暖，不想重履異邦，斷斷續續的落雪，竟相繼在幾日內翩然飄臨。

正午雪降之際，我正在復旦大學羅教授的宿舍裡，與他交換返鄉見聞與感觸。笑稱自己是名書呆子的羅教授，連寒假期間亦勾留首爾，閉門著書，眞是孜孜矻矻，他只在年後始返回雪災家鄉，稍做停留便又歸來。而我則在漫漫的假期裡，盡情彌補鄉思與親情。年後再度抵韓，稍早來到首爾任教的幾位中國老師都已結束客座，相處數月的熟面孔紛紛功成身退，快樂回返故里，我們彼此萍聚一場又千里相隔，只餘同時間抵達首爾講學的羅老師仍堅守崗位，再度見著，自然備感親切。談說間忽見窗外乍然飄雪，從不

▲首爾冬日雪景。

曾在白日見此景象的我，又像個土包子般驚呼連連，只能楞楞看著片片雪花旋轉著、飛舞著，而後翩翩落在街道、屋舍與店招、行人之間，剛剛離鄉再度遠行的遊子心裡，乃有微微的空茫。

越數日上課之際，約莫正午時分，又在教室裡見著飛雪落下，我強忍著將眷戀的目光從窗外移回課堂。下課後撐把傘，從教學大樓一路走回宿舍，沿途行人或打起傘，或一時猝不及防，就頂著綿邈的雪花驚叫不置。在飛雪裡漫步的感覺其實並不太浪漫，順著風勢，那雪花或四方旋轉、或斜飛掉落，沾染得滿身是雪、雙手冰凍，但覺一陣冷涼。

異國風景盡是新奇，然而人的潛意識眞是奇怪，重返首爾的頭一夜，我照例是鄉夢連連，夢裡盡是台北熟悉的友朋、家人與同事。凌晨寤寐間記得最清楚的夢境，是我已然起牀，行步到臥室窗前，竟見一大片青翠春景，故鄉曲折巷弄間的玉蘭樹，赫然矗立窗前，我的鼻息間且隱隱飄來陣陣玉蘭花的幽香；左側窗景則是台師大熟悉的紅樓建築，也是一派安靜悠然。在夢裡，我一面欣喜得難以形容，一面又提醒著自己，這不是眞的，我現今已身在異鄉而非故鄉。

夢境一轉，又回到台北家中，同樣是凌晨移步窗前的凝望，窗外卻赫然是雪國景致，我在白茫茫中嚇出一身冷汗，然後悠悠醒轉，但見窗外天光未明，猶是一片漆黑，既非故里花樹，亦無飄飛雪色，只是個眠不得又睡不好的惱人之晨。

漂鳥的行旅還在途中，因而時空的錯置與兩地相思，也只能持續輪迴。

# 外婆

寥落的週末酣眠至午後，我才遲遲起身，今日的首爾空氣冷涼、天色陰沉，像是隨時欲雨的模樣。打開電腦，父親忽爾在MSN上告知我，外婆今早於金門過世；前日甫赴台北的媽媽，打算隔日清晨往機場候補機位，再度趕回家鄉。

我怔忡了好一會兒，但覺世事荒謬，昨天才透過電子報知道擴大「小三通」的首日，大批觀光客湧入金門，在地居民的返鄉機票因此一位難求，有名中年女性為了奔喪必須盡快趕回家，在台北松山機場候補機位，無奈竟日未得，遂淚灑機場。我一邊讀報一邊暗罵著，這又是政府亂七八糟的「德政」，配套措施尚未做好便急急趕路、樹立政績，沒想到自己的母親馬上便成了另一名奔喪婦女。

心裡慌亂難言，不知該作何反應。我木然呆坐了整個午後，把家族譜系攤在腦海裡——外婆的子女、孫輩所娶何氏？所適何人？曾孫玄孫又各有幾人？——仔仔細細玄想了一遍，那麼多面容如跑馬燈畫面般閃過，我倏然驚覺，外婆所繁衍出的支幹，還眞是枝繁葉茂、抽長榮發。

外婆於民國前七年（一九〇五年）生，已是歷經前朝與民國的百歲人瑞，我唯一聽過的往事，是一九四九年左右，外婆與外公夫妻倆帶著一串子女，從福建南安往金門遷移時，還曾經在海邊爲了鍋碗瓢盆「帶」或「不帶」之類情事拌嘴。母親其時年紀相當小，尙不解人事，然而她的大姊已經嫁人，就此留在對岸，相隔相望而不得相見。「小三通」之際外公業已仙逝，外婆亦年歲已高，兩人自此未再見到大女兒一面。

小時候我很愛隨同母親回娘家，因爲娘家的二舅最是疼愛我，一見我到了，就逕直抱起往水果攤走去，指著紅豔欲滴的水果，問我：「要番茄還是蘋果？」據說我每回總是準確無誤地辨認出其時相當昂貴的進口蘋果，指明要「它」，對旁邊的番茄則瞧不上一眼。從水果攤回來，二舅將我往布莊的木頭櫃檯一放，就嗆呼著：「這個小女娃眞識貨，帶她去水果攤每次都要買蘋果。」這時外婆就會搖晃著她的一雙小巧纏足，走過來摸摸我的頭說：「么壽唷！貴鬆鬆咧……」

那座木頭長櫃檯是我對外婆家最堅固的回憶，從倚著櫃檯量裁布料、與顧客洽談買賣、在周遭的櫥子裡利索地取放布匹；慢慢地，外婆只能在櫃檯後方坐著算帳了；再等到我愈來愈大時，外婆也愈來愈顯瘦小，最終她只能長年坐在裡屋的專屬藤椅上，冬日蓋上毛毯、夏天則置放著電扇輕吹，然後靜靜凝視著店面那張木頭櫃檯。外婆老了。

初時，孝順的三舅會趁著天氣清朗時，每日扶她往店門口站上一會兒，看看街景透透氣。然而有天早晨，舅舅返身回屋裡，想取張板凳讓外婆坐著，不意一轉身，外婆已在店門口跌倒，這一跌好幾日下不了牀，也嚇壞了外婆，她從此再不起身觀望街景了。

近兩年每回我們春節返鄉，去山外找她，她總要對著孫子女們一個個詢問：「這是誰啊？」大聲報上名字也無濟於事，因爲她耳背。然後我們見她一人坐在遠遠的藤椅上，定睛看著一屋子陌生人，彷彿置身於喧嚷的人群之外，然而嘴角還是一逕揚著欣慰的微笑。過了好半晌，外婆會忽然清晰地對著人群，叫出其中某位孫女的名字。

牆上有其時阿扁總統致贈百歲人瑞的「褒揚狀」，她胸前則掛著當年內政部長蘇嘉全署名的金鎖片；然而外婆會指著電視裡的宋楚瑜，說那是總統。所謂的國家政局，歷經一整個世紀的滄桑，再也與她無干。我常覺得外婆活到這把年紀，生活裡只有眼下的子孫，未始不是一種幸福；然而我亦每每揣想，滿面壽斑、齒牙俱落的外婆，活到百歲了，到底記得多少前塵往事？而她在日日無事的閒坐裡，又到底在想些什麼？

喧騰歡樂的年節氣氛裡，我拿出相機，對著外婆耳邊大聲嚷嚷著：「外婆，我幫妳照相。」這回她聽清楚了，看到我手上的相機，她一邊咕噥著今天睡晚了，還沒梳頭；一邊舉起細弱的手臂，忙著攏齊兩鬢散髮。然後，她靜靜地把腳邊的電暖爐拿開，又把枴杖藏到角落裡，然後雙手斂攏在膝前，擺出一個羞赧似小女孩般的微笑。外婆又回到年輕時代了，也還有愛漂亮的心思，在鏡頭下，她那一貫好性情所展露的微笑，相當美。

我幾次想著，應該有台DV，然後偷空帶回金門，幫外婆紀錄此日常生活片段，畢竟外婆已年逾百歲，又有幾名後代子孫有此福份，與人瑞居之息之呢？然而來不及了，在我身處首爾的此際，聽聞外婆已然仙逝的消息，但覺悠晃茫渺，異鄉冷涼的午後，彷彿一切俱在夢中。

朋友隔著MSN對我說，外婆是壽終正寢，圓滿一生了。我應作如是想。

# 遼遠之夜

我必須到城市的最高處，然而電梯故障了，獨留我一人被困在高空的密閉箱裡動彈不得。忽爾場景一換，我又坐在懸空的電扶梯上，驚慌中，晃盪的雙腿抖落了涼鞋，我雙腳赤裸，踩不到地，哭喊著求救，亦無人能夠懂得。

許久許久，有人從遠遠的地面投擲來室內脫鞋一雙，還是小孩兒的，我心裡又急又恨，想這人爲何總聽不懂我說的話？怎麼如此愚昧？這是我穿得上的鞋嗎？

終於，下面傳來熟悉的口音，有人在遠遠的地面呼喊我。那一瞬間我得救了，電扶梯緩緩降落。待到重履平地，哇地一聲我便大哭起來，那些親切的女孩便爲我遞上面紙，我心裡感動莫名，連哭泣他們亦能懂得，那是一種有依靠的放心。

我們於是圍坐一起閒聊，她們並不問我在異國工作的經過，我亦不過問她們來異地旅遊的因由與行程。這樣很好，我心裡想，有一種不即不離的關係，不棄不膩的牽連。

靜夜裡緩緩醒來，我恍惚猶在夢中，那雙腳冰涼的感覺如是眞實，嗯，被子早被我踢了。

我知道夢是自我檢查作用放鬆時的僞裝，也能夠分析自己夢境中的每個意象；然而我不能明白，爲什麼在異國生活近一年，在自覺已然逐漸習慣之際，這樣的夢境還會忽爾在子夜裡潛逃出境。

我很想念台北。

首爾涼涼的夜裡，獨自啜飲著紅酒，感覺室內燈光太亮了些，屋外夜色又太清冷了些。於是想起那次與C及S，在台北家中喝酒擲骰子，微醺裡還亂定懲罰規則的往事；想起和D坐在地板上天南地北閒聊的舊時光；想起Z失戀時，投宿小窩我胡言亂語勸慰她，大家又哭又笑的老日子；更想起無數個與T喝酒吃零食看影帶的夜，那些溫暖閒適的辰光。

筆記型電腦簡陋的喇叭裡，此刻傳來的是五月天、伍佰的舊歌曲，久違的老歌，帶我回到生命裡的每一段特定回憶——酸與甜交雜的、青春與衰老之獸並存於體內的、遼遠的清淡的往事。這彷彿是個適合懷舊的夜，但獨在異鄉，太感傷。

前日朋友在MSN上問我何時返鄉，然後打出一句：「我很想念妳唷！」看著螢幕上平凡無奇的六個字，我的眼淚瞬間飆下。大約人年歲漸長，都益發容易感傷，身處異鄉尤其濫情，〈時光機〉、〈而我知道〉、〈往事欲如何〉，這些通俗無比的流行歌曲，怎麼連〈志明與春嬌〉此刻聽起來都好悲傷，我想約莫是因為裡面含藏的記憶。

離家太久了，我想念台北的酷熱、想念台北的雨季，想念永和煙塵滾滾的街道，也想念太平洋百貨小巧的溫暖與人情。原來漂泊日遠，一切寒黲遂俱成可親。

唉！故鄉。

# 生活，我們好好地過

▲位於南海中的海金剛。

# 烹調作為一種慰藉

一直以來，我是個極端痛恨廚房油煙的懶怠女，小時候家中負責炊煮大計的母親忙碌時，有其時尚稱健朗的祖母代勞；祖母亦不在時，我們就依著嬸嬸一家吃飯，廚房裡從用不到大女兒我的一雙手。長大後出外求學，聽聞周遭友人，男男女女戀戀說著以前黏蹭著媽媽，在廚房裡邊看鍋鏟翻騰邊說悄悄話的往事，我總覺得不可思議，那樣陣仗混亂的局面、嗤嗤作響的尖爆以及瀰天漫地的油煙味裡，能醞釀出什麼幽微隱密的心事？即使到了必須獨當一面的單身貴族時期，或曾經短暫體驗過的兩人生活時日，爲求簡便，我依然樂於外食或將烹調的樂趣交付他人。

幾十年來始終堅持「遠庖廚」的我，初至首爾，奔赴賣場置備生活所需時，走到「廚房用品」區自然繞道而行，後來還是在友人勸說下，才不情不願地買了個小鍋子準備煮泡麵用。然而一旦成爲泡菜國的居者，三餐出入飯館食堂，眼前所見必有紅嗞嗞泡菜一碟，搭上黃得令人生懼的醃蘿蔔，此之謂「韓食標準配備」。再加以入韓後成了不識之無的白丁，上飯館時我對著菜單胡指一通，點到的主食帶辣者命中率百分之百，一餐飯吃下來，累得我像老狗般頻頻伸舌大喊吃不消。

窮則思變，靈機一動我央求學生幫忙寫紙條，上書「請給我不辣的」韓文一行。出入飯館，我謹慎捧著紙條如捧護身符，菜單一上，即刻將「手諭」釋出，我看到食堂大嬸頻頻點頭表示理解，心上一塊石頭終於落了地，算是暫時解除辣食危機。然而待到碗盤端上，湊近一嘗，照例是辣死人不償命的麵飯。我百思不得其解，經過與友人一番討論，在排除「大嬸不識字」以及「學生亂寫字」兩個荒謬推斷的前提下，得到的結論約有如下兩端：一是在大嬸的標準裡，那樣的辣度屬於「不辣」層級；二是大嬸以為她所烹調出的吃食，必定要「微辣」才算美味，所以便貼心地為我加上「小辣」。

事已至此，再也無計可施。於是心一橫，便在異鄉展開了烹調初體驗。向來我在台灣，一切物件例皆超市辦理，在乾淨整潔的空間裡，看到「麻油」字樣取麻油；見著「菠菜」字樣取菠菜，白紙黑字，無庸置疑。然而身處異地，一樣是蔬果菜色齊備的超市，我佇立架前中心茫然，看不懂圈圈叉叉的韓文，標示的是麻油還是香油？是菠菜抑或青江菜？這樣的生活白癡，就著一本簡便的「家常小菜」食譜，居然也有模有樣地飯菜自理了起來。常常，我在寥落的午後從電腦前起身，慢呑呑換上禦寒衣物，走長長一段人行道去遠遠的超市；然後再拎著沉沉的塑膠袋，刺骨的冷風裡哆嗦著身子，不斷交換著被塑膠袋勒得刺痛的雙手，顫巍巍返回居處，在逐漸微弱的天光裡淘米、炊飯、洗菜、搗蒜、切肉、下鍋，喊喊喳喳一陣後，屋裡終於有了人氣。

而後我打開電視，就著鳳凰衛視台的新聞，煞有其事地品嘗著自創菜色，食畢抹抹嘴，再慢吞吞起身清洗碗盤、細切果盤，然後坐下，復就著鳳凰衛視台的新聞，吱吱作響吮食一番。漫長的儀式進行完畢，瞄了一眼鬧鐘，天啊，怎麼才經過一小時？蕭索的異鄉時日漫漫無以排遣，而素所痛恨的瑣碎烹調，竟成了生活裡唯一有聲有色的慰藉。

在柯裕棻紀錄過往留學生活的散文裡，我讀到這樣一段文字：「……我學會將許多物質與氣味召喚到世間，又讓許多物質與氣味消弭無蹤。我辛勤演練我的魔法，蒐集並修訂我的食譜，作菜除了殺時間之外，還可以將北國空曠的孤獨一併驅逐殆盡，因此我偏好曠日廢時的菜色，其中之一是必須把一切材料慢慢切成細絲的炒米粉。」原來所有異鄉孤獨的居留者皆是如此，在空曠的荒野裡，默默搬演著自己的廚技，意圖爲生活製造出一點馬戲團式的斑斕錯覺。

時至今日，我回想起那些居留首爾的日子，記憶中最深刻的畫面，仍是蝸居的廚房一隅，那隨著單調規律的水聲，逐漸沉沉降下的夜。我在空洞的暮色裡緩慢地淘米、洗菜，洗菜、淘米，日復一日將蒼白的時間清洗得愈發一塵不染，然後再塗敷上人間煙火的文飾。我不解其時自己以拙劣廚藝烹調出的簡陋菜色，如何能讓生活瞬間多姿復多采？那些嗤嗤作響的翻炒，那些惺惺作態的咀嚼，原來都是嘴角心口最最寂寞的鑿痕。

# 在明洞燙髮

雖然稍嫌冒險，但想到人在異邦，總該諸事隨興體驗，方不枉一年新鮮辰光，於是便壯起膽子，下定決心前往見識韓國的燙髮技術。

當然，事前我已多方觀察過韓國女孩的髮型。此地走在街上的女大學生和上班族，整體搭配都相當合宜，但若將身上的各個部位拆開來看，卻又平淡無奇，委實令人費解。幾次上課時偷偷打量學生，也沒有教人驚豔的髮型。於是便上網瀏覽，但見二〇〇七年夏天，韓國女星人人頂著一頭俏麗短髮，蔚爲流行，我開始心動了；可想到酷寒的雪天轉眼將至，三千煩惱絲怎能不好好保藏？幾番思索，依舊心猿意馬，只好屆時見機行事。

負責爲外籍老師代辦各類事項的外大助教，答應撥冗帶我前往明洞燙髮。明洞是首爾年輕女孩最愛血拼的聖地，之前單獨「朝聖」時，穿街走巷間差點迷路，但根據觀

▲熱鬧的明洞市街。

察，此地流行訊息敏銳，燙出來的髮型應不致太離譜。選好黃道吉日後，我便與助教一路直奔。近午時分，店內尚少顧客，設計師自語著剛爲一名美籍教師整理過髮型，此際又來了另一名中國籍教師。我「正名」日來自台灣，於是話題開啓，店內的洗頭小妹湊過來，說我跟助教對談時的口音相當好聽，我微笑答謝，並邀約她們「有機會來台灣玩」。

髮型書拿來，我與設計師開始討論新髮式，小妹們則一邊新奇地旁聽，一邊學幾句實用華語，助教居中翻譯。詢問有何推薦的短髮造型？設計師點選了幾款，我但覺不妥，幾乎泰半是前額蓄上厚重的劉海；或者斜分兩側，左右側邊短髮燙上大捲，並搭配刻意染黑的髮色，老實說，令人覺得笨拙。抬眼看看設計師，她也是同樣髮式。我有點失望，於是取出皮包裡擺了整個夏天的日本雜誌髮型，設計師瞄了一眼，告訴助教，這種髮型比較走輕鬆休閒風，是日本女孩剪的，現在並不流行。其實我已隱約感覺到了，韓式與日式的流行風格，真的差異頗大。最終放棄了改變造型的大膽嘗試，因爲不想變成韓妹。於是我改向長髮尋求突破，點選了幾款走自然風格的圖片，設計師卻說那都是吹剪而成的造型，並非單純燙髮可致。

此間溝通委實不易，專有術語透過助教有限的中文能力，只能勉強猜出七八分。眼看耗時已久，設計師略顯不耐，我於是簡單比劃著自己的頭髮，提出幾個要求，然後問設計師有何建議？她沉吟了片刻，然後，根據助教的翻譯是：「她說你喜歡怎樣就怎樣。」眞是令人無言啊！我所要求的，不過是原來的髮型再重新加強捲度而已。

但比手畫腳半天也累了，於是便草草結束溝通。臨上「刑場」前，我做了最後一絲努力，用簡單的語彙告訴她，我喜歡看來「romantic 一點的」，設計師和洗頭小妹都笑了，這次她們終於聽懂，然後回了我一句「Don't worry」。

實際上場後，發現整體流程及型態其實大體相近。洗護過程乃至燙髮儀器，與台灣差異並不大；至於剪功方面，我偷偷觀察了一下，取經於日本的設計師 Kenny，刀法可俐落多了，看起來比較有大師架勢，我開始想念此刻身在台灣，那位驕傲的 Kenny。

不過，爲時三個半鐘頭的燙髮過程裡，飲料及小點心倒是從不間斷，還可以任選口味，總算稍稍抒解了百無聊賴的等待時間。此外，除了需要用到燙髮儀器之際，以及最後的吹整流程外，其餘時間，顧客大抵都坐在窗邊整理頭髮，四樓臨窗觀景、大啖點心，感覺很像在STARBUCKS裡飲咖啡呢！設計師還相當貼心地遞給我質感甚佳的抱枕，說是累時可以就著抱枕，趴下休息。這些小地方倒是挺人性化的。

三個多鐘頭裡，助教便坐在我身旁一邊快樂地吃零食、一邊敲打著翻譯機，準備下午課堂的中文報告，偶爾還就地向我討個救兵，談笑之際，時間倒也飛逝而過。

終於大功告成，果然不出所料，結果一點都不令人驚奇，不過是之前髮式的加強捲度版；但不可忽略的是，這回燙髮的「要價」可讓人驚奇了，整整花掉我十四萬四千韓圜（折合台幣約五千元），據說這還是優惠價，原價可是十八萬。可嘆花了大把銀子的結果，走在路上看來跟未燙髮前差不多。後來到校上課時，學生亦全無感覺，只好自我調侃：看不出燙過的「自然」髮型，正是我所要求的最高準則。

是爲燙髮記。

# 秋光中的沉吟

都說韓國的秋日最美，望著滿街漸有秋意的路樹，我一直想像著丹楓遍野、火燒燎原的美好景致。於是這一日，我們長途遠征至號稱「全國第一」的楓葉山——內藏山賞玩秋景。

韓人大約都不願錯過旬月不到的美好時光，一窩蜂利用假日舉家出遊的習慣，先前雖已略有耳聞，但親歷其中仍不免嘆爲觀止。兩天的旅途裡，大約有整整二十個鐘頭的時間花在車程上，行路遙遠是原因之一，塞車嚴重是其二，無怪乎同車的旅伴們徒呼長途漫漫。其中有一回暫停休息站，洗手間內居然人滿爲患，寬敞能容納三十來間的盥洗室裡萬頭鑽動，較諸台灣百貨公司周年慶首日的盛況，有過之而無不及。唯當此刻，處在麕集的人堆裡忍受惡臭、枯候多時之餘，會深深懊悔起自身的愚不可及。

然而甫抵目的地，秋景的浪漫便教人悔意頓消。內藏山是全羅北道的名山，自一九七一年起便被指定為國立公園，園內遍植各色林木。沿著落葉紛飛的小路上山，風起時山徑間紅黃漫舞、飛卷蹁躚，煞是美麗。有同行者說今年的紅葉不似往年水靈清透，大約是節候異常所致，但對初履北國體驗秋景的我而言，這漫山翻飛的落葉，卻另有一種蕭瑟的美感。

「內藏寺」內藏於井邑「內藏山」內，幽靜更甚，青瓦紅柱隱於秋樹斑爛間，別有一種淒蒼之美。若非遊客太多，在此地勾留半晌，應該別有一番沉靜默會。尤其當搭乘纜車往高處行去時，從空中俯視，群山環繞下的「內藏山」裡，復藏著小小「內藏寺」的瓦頂，如此渺遠卻又如此壯大，彷彿以無盡的肅穆撐起滿山厚重，秋光裡格外令人興感沉吟。

丹楓滿山的景致是首日旅途的高峰，由內藏山轉至釜山投宿，又是漫漫的車程折騰。抵達時已近午夜，匆匆盥洗就寢，便沉沉入睡。第二日清晨，一行人復由釜山跨橋奔赴巨濟島，再由巨濟島搭乘水翼船轉往外島。

船行於南海，不出二十分鐘便見「海金剛」矗立眼前，甲板外水花飛濺，船身顛簸搖晃中乍見海金剛，果然氣勢非凡。這石島由花崗岩組成，已經有一千三百年的歷史。海金剛中央有東西長一百公尺、南北長一百八十公尺的洞穴一處，名之為十字洞。據說昔時儒生們每每乘著孤帆，來到十字洞裡喝著米酒，吟詠自然美景，聽來煞是愜意風

▲隱於「全國第一」的楓葉山——井邑郡內藏山中的「內藏寺」。

雅，可惜無緣得見。海金剛另有日出日落的美景可觀，然而我們行經時正逢午時，自然亦無從賞鑒。但蒼茫海色中遠眺金剛，已然有鬼斧神工之嘆。

船抵外島，又是一番截然不同的景致。關於外島的構建，說明極爲詳盡。據聞是一位高校教師李昌浩偶於垂釣時，爲躲避風浪來此，後來便買下此島，與妻子花費三十年時間，精心打造成一座海上林園。島上規畫往返路線一條，指標相當明確。沿途處處可見歐式庭園造景，維納斯雕像、天使、獅身人面等隨處可見，很有歐洲宮廷氛圍。而島內遍植仙人掌、可可豆樹、椰子樹等植物，在秋陽潑灑、光影映照下，竟隱約搖曳出一片亞熱帶風情。至於遊戲雕塑公園內，則有踢毽子、騎馬戰等韓國傳統民俗遊戲雕像，此亦可見李氏夫婦用心。最妙的是登臨島上最高處，乃有咖啡廳坐落，並名之爲「天堂休息廳」，在此憑欄遠眺、啜飲咖啡，濃郁香氣瀰漫間遍覽海景，果然渾似置身於天堂，教人流連盤桓，不忍遽下。

據說韓劇頗多浪漫場景，都取自外島這一海上公園。環島周遊，確實見滿園紅紫紛呈，繽紛撩亂且眩人耳目；至於綠木層疊其間，修剪得亦相當工整費心。然而初覽時雖甚爲驚豔，久處其間，卻不免頓感俗麗匠氣。

迴思兩日間所遊所覽，我沒有儒生風雅吟詩於海金剛的悠渺心境，也失卻青春正盛之際的浪漫與矯情。此際我記起前日於山路行進間，偶遇丹楓一株豔紅壓頂，迎面撲來，顛狂神態裡彷彿要開盡她最豐沛的繁華。那一樹紅葉，讓我在秋光流淌中憶念無限，且悵悵。

# 掛病號

連日來空氣濕冷，好不容易天色漸晴、春光方好，我卻懨懨生起病來。任是百般防範，感冒終究無孔不入地欺身而來。

週一午後連教三堂課，談說得興起，連下課時間亦不放過。喋喋不休了三個鐘點後，忽爾覺得喉嚨乾燥疼痛，原以爲是忙著講課沒喝水，渴著了。未料走回宿舍後開始流鼻水，自此即昏昏沉沉地度過三日，除了上課時間之外，幾乎都處於昏睡狀態。

過幾日上完課後，原本想請學生就近帶我去看醫生，診所業已造訪過一次，所在不遠，我需要的只是名翻譯。未料兩名小女生靜靜聽我說完後，回了句：「韓國人一般感冒是不看醫生的。」「那怎麼辦？」「就是買藥來吃吃。」那也成，我想課後就去附近藥局買藥吧！未料甫宣布下課，兩名小女生便匆匆離去，只好又暫且作罷。

再一日，早先朋友已約好的飯局，未便推託。在宿舍裡休息到傍晚，始搭車外出赴約。好友們哄我，韓國人治感冒，是把辣椒粉摻在燒酒裡，連喝三杯就好了。我半信半疑，還是傻呼呼地喝了一杯，結果……當然一切都是玩笑。這餐飯吃下來的結果，是因爲感冒不勝酒力，早早醉倒回家睡覺，一覺醒來感冒並未不藥而癒，倒是鼻塞、疲憊、不斷流眼淚之外，復加上頭痛欲裂的症狀。

正午起牀拉簾，看窗外一片爽朗陽光，眞是春色無邊！但我只能倚窗、擤鼻涕、擦眼淚，活脫脫病黛玉模樣。涼風順著窗縫吹入，我知道春天的首爾陽光雖好，室外依然頗有冷意，遂不敢輕舉妄動。

此刻電話鈴響，話筒裡傳來L老師興奮的聲音：「我們這裡花開了，好漂亮！要不要來？」是遠在大邱，同樣由台灣抵韓講學的老師在殷勤邀約，假日不妨往她任教的啓明大學賞花，我靜靜聆聽著，盡量裝出愉悅的聲調，揣想平日冷靜沉著的老師，居然也會有如此歡樂興奮的時刻，那盛開的滿樹櫻花，想必眞是美！

這樣的病中辰光，不免又傷春思鄉了起來。掛斷電話，我想起最近迷上鳳凰衛視播放的日劇《大婆婆小倆口》，片中坂口憲二所飾有嚴重戀母情結的兒子，生病時對於女友的照顧並不領情，反而衝回家去吃小時候生病媽媽必熬的稀飯。於是便也獨自熬起稀粥來，搭配從台灣空運來的補給品「新東陽肉鬆」、「大茂黑瓜」、醃炒香魚等等，雖是家鄉味十足，但此刻啖來卻格外傷感。

唉！居首爾者正在快樂遊春、居台北則正值美好春假，我卻只能在豔豔春陽裡邊擤鼻涕、邊吃稀飯，眞是敗壞了好一番春日情調！

# 看病瑣記

生病近一週，本想仿韓式療法，逕直睡覺喝水，任其自然痊癒，但我畢竟不是韓人，撐了幾天情況不見好轉，遂決定前往中國語科辦公室求救，請助教帶我去看醫生。

值班的小助教笑容可掬，帶著牙套矯正中，一露齒模樣煞是可愛。她很羞怯地詢問了我的症狀，並向我解釋著，學校附近有家綜合型的診所；稍遠一些，接近地鐵站處則有耳鼻喉專科，然後徵詢我的意見，想至哪一處看病？綜合型診所上學期業已造訪過一次，印象不壞；但忖度著耳鼻喉科應該更專業，遂請她帶我前往。

沿途小助教告訴我，韓國人喜歡看台灣電視劇，去年最紅的是《惡作劇之吻》，還有《公主小妹》也很棒，她最喜歡吳尊了。果然是少女情懷，這些偶像劇我都甚少涉獵。

聊著聊著，已經越過鐵道，也行經地鐵站，忽爾助教指著左邊小巷弄內陳舊的一棟建築，告訴我診所就在二樓。大概見我露出狐疑的表情，她很不好意思地解釋，韓國房子太貴了，所以診所地方有點小。幸虧進得室內後觀察一番，布置雖略顯陳舊，倒還挺乾淨。櫃檯前掛完號後，護士領我們進診間，接著，是小助教居中翻譯的一段實況轉播：

「&＊#$￥￡……」

「醫生說先看一下老師的鼻子，會有一點痛。」

「&＊#$￥￡……」

「醫生說老師張開嘴巴，發出『啊』……」

「&＊#$￥￡……」

「醫生說舌頭伸出來，嘴巴再張開。」

「好，老師坐到這裡來。」

接著醫生解說一句，助教開始艱難地翻譯一句，有時，會邊思考邊拿出翻譯機來輔助說明：

「醫生說老師喉嚨有炎症。」（天啊！聽起來像「癌」症，害我瞬間捏了一把冷汗！）

「醫生說韓國現在白天比較熱，晚上比較冷，老師要多穿一點，圍巾是要用的。」

「醫生說老師要少說話。」（奇怪！當老師很難能「少說話」吧？）

「醫生說老師妳現在喉嚨一直發出『嗯』、『嗯』的聲音是不好的。」

「可是有痰啊！」我試圖申辯。

「醫生說那不是痰，是因爲老師現在喉嚨那邊……嗯……生病，變大了，所以妳感覺有痰，其實沒有的。」

然後醫生給了我一個親切的微笑。從方才慢條斯理、一句句耐心說完等著翻譯的狀況看來，韓國的醫生大抵都十分親切有禮，但，並不帥。

「醫生說老師妳會英文嗎？」

這問題教人尷尬，就算粗通英文，醫學專業術語我也聽不懂吧？「嗯，沒關係，這樣我了解，可以了！」

「&＊#$￥£……」

「好的，醫生說老師妳多喝溫開水，不可以喝熱的。」

問診到此結束。接著助教帶我到一個小房間內，護士手持噴霧儀器，將噴頭交給我，我便傻傻地放到嘴巴裡。

「老師，不是，這要放到鼻子那裡。」助教趕緊制止。這時隔著透明玻璃落地窗，我看到瞬間診所裡已坐滿老者、孩童及上班族在候診，他們見著我傻楞楞模樣，有人竊笑了起來。

「這是什麼啊？」我故做鎮定地提問。助教面有難色，想了很久，接著向我解釋，這

| 廣 告 回 信 |
| --- |
| 板橋郵局登記證 |
| 板橋廣字第83號 |
| 免 貼 郵 票 |

235-62

台北縣中和市中正路800號13樓之3

**印刻文學生活雜誌出版有限公司　收**

讀者服務部

姓名：＿＿＿＿＿＿＿＿＿＿ 性別：□男　□女

郵遞區號：＿＿＿＿＿＿＿＿＿＿

地址：＿＿＿＿＿＿＿＿＿＿

電話：（日）＿＿＿＿＿＿＿＿＿＿（夜）＿＿＿＿＿＿＿＿＿＿

傳真：＿＿＿＿＿＿＿＿＿＿

e-mail：＿＿＿＿＿＿＿＿＿＿

INK

INK PUBLISHING

# 讀者服務卡

您買的書是：______________________________

生日：　　年　　月　　日

學歷：□國中　□高中　□大專　□研究所（含以上）

職業：□軍　□公　□教　□商　□農

□服務業　□自由業　□學生　□家管

□製造業　□銷售員　□資訊業　□大衆傳播

□醫藥業　□交通業　□貿易業　□其他______________

購買的日期：________年________月________日

購書地點：□書店　□書展　□書報攤　□郵購　□直銷　□贈閱　□其他

你從哪裡得知本書：□書店　□報紙　□雜誌　□網路　□親友介紹

□DM傳單　□廣播　□電視　□其他

你對本書的評價：（請填代號　1.非常滿意　2.滿意　3.普通　4.不滿意　5.非常滿意）

內容______封面設計______版面設計______

讀完本書後您覺得：

1.□非常喜歡　2.□喜歡　3.□普通　4.□不喜歡　5.□非常不喜歡

您對於本書建議：

感謝您的惠顧，為了提供更好的服務，請填妥各欄資料，將讀者服務卡直接寄回或傳真本社，我們將隨時提供最新的出版、活動等相關訊息。

讀者服務專線：（02）2228-1626　讀者傳真專線：（02）2228-1598

是類似「加濕器」的東西。看來我一直在對她出難題，最好還是遵照醫囑「少說話」。

治療終於完成，到櫃檯前繳交完費用後，便坐著準備領藥，此時助教卻要我起身離開，這才想起韓國醫生看完診後，一般得拿著藥單去附近藥房買藥。樓下便是附設藥局，領完藥繳交過藥費後，我禁不住讚嘆：「在韓國，生病看醫生挺便宜的啊！」助教用韓語翻譯了我的「感言」，但見藥師眼露驕傲神色，助教表示：「她說韓國是一個很好的國家。」

看完診已近中午，我於是請可愛小助教吃飯，另一名助教隨之亦到。席間她對台灣亦表露出極大興趣，頻頻問我吃過「鼎泰豐」嗎？還說她最喜歡偶像言承旭，至於其他F4成員則都不愛。飯後，韓國人習慣喝冰水兼漱口，我亦拿了小鐵杯，站到飲水機前。可愛小助教急了：「老師，妳不能的，那是冰水，妳要喝溫水。」我笑了，這會兒小助教又身兼起小護士了呢！

# 仙遊島記事

難得幾日斷續下雨，天色雖然陰晴不定，但空氣中隱約有涼意，倒教人頓感心曠神怡。趁著輕風吹拂的午後，我們決定前往位於漢江中心的「仙遊島」公園一探究竟。

旅遊導覽書上說明是在地鐵二號線「合井」站下車，抵達後稍微研究了一番地圖，情況似乎不太樂觀。出得地鐵站後，但見路標顯示「仙遊島」尚需前行一千五百公尺，然而我們走了一小段路後便感山窮水盡，前方通衢大道似乎僅容車輛穿行，毫無行人立足之地。此際，我亮出方才在地鐵裡就著標示依樣畫葫蘆，臨時書於掌心的韓文「仙遊島」三字，請教路旁中年男子，沒想到這招相當有效，男子一旦看懂、聽懂了，即刻相當熱情地指揮交通，引領我們穿過車陣，來到「楊花大橋」，然後直指前方，意謂繼續前行終可抵達目的地。

橋上閒步，雖然路猶漫漫，然而有了熱心人士的指點，心裡遂充滿暖意。臨橋眺望漢江，在陰沉的天色與大風吹拂下，江水彷彿亦頗有幾分浩浩湯湯之意了。與楊花大橋平行者，尙有堂山鐵橋，二橋隔開仙遊島和汝矣島，我們左右張望，新奇不已。

終於來到仙遊島公園入口，仙遊島乃是由淨水場加以改建而成的生態公園，甫進園門便見到遊客中心，樓分三層，說明漢江的歷史發展。在過往的純樸時光，夏日婦女每於江邊浣衣；寒冬則有壯漢破冰求「魚」，這些漢江邊的照片逐排陳列，發黃的色調營造出一種古遠的情調，不免令人興發滄海桑田之嘆。

我們觀覽片刻，適逢閉館時間已到，於是便步出介紹中心，開始在園內恣意遊覽。仙遊島公園以各式各樣的水生植物爲主體，園內遍栽水蓮、黑藻以及各種不知名植物，景觀的規畫相當整齊清爽。園內亦闢有休憩場所、觀景台；有表演節目用的圓形劇場；有由原淨水場鐵管改裝而成的遊樂設施；亦有環境教室供作教學之用，整體而言，確實是相當適合親子遊覽的生態公園。由於正逢下班時間，我們也見到不少情侶，雙雙漫步於微雨偶飄的江邊，狀似詩情畫意。

再漫步到素有「彩虹橋」之稱的仙遊橋，仔細觀察才發現，這座由韓、法共同興建的小橋，主體的拱形部分完全沒有任何支柱，莫非「彩虹」之名由此而來？橋的兩邊連接散步步道，設計亦尙稱清雅。我們橋上佇足，在陰沉天色下，隱約可以遠眺對岸的六三大樓、國會議事堂以及LG雙胞大樓。

▲仙遊島上遠眺LG雙胞大樓（左一、左二）、六三大樓（左三）以及國會議事堂（右一）。

行走既倦，園內亦設有小餐廳、咖啡廳，我們內外張望，布置尚稱雅致，且發現餐廳入口處可以購買船票，供遊客乘坐遊覽船巡禮漢江。沿江景觀或如高雄的愛河，我們興趣不大，乃決定入內飲食，不想此番誤入賊船，竟爾敗興不已。首先，由於只看得懂韓文「烏龍」二字，我們乃以韓語點了兩份烏龍麵，又比手畫腳，另外加點了一份貌似雞排的小菜。未料此份「小菜」要價不菲，待餐點端來，方才發現實乃雞排餐一份。於是兩人狂啖三人份餐點，好不容易才消化完畢。

復次，見天色漸暗，腹肚且甚感飽足，我倆乃決定上二樓點杯飲料，閒坐江邊浪漫一番。未料拿鐵和綠茶送來，竟教人當場傻眼。拿鐵乃以自動咖啡機調配而成；綠茶更絕，竟是淡色麥味茶包一只，要價則各爲四千及三千五韓幣。兩杯飲料且均以小紙杯盛放，置於桌上，情調盡失。我們但覺懊惱不已，不免開始低聲批評起來。此際，吧檯的老闆娘頻頻窺視我們，狀甚鬼祟。見店內客人三三兩兩，門前冷落車馬稀，更索性自行落座，還大辣辣地脫下鞋子、盤坐椅上，此張咖啡椅坐罷，復換座重來。此情此景，可還有任何咖啡廳氛圍？我們幾乎是奪門而逃，火速離開現場了。

閒遊至此，平白招惹一肚子氣，實不宜也不願再作勾留，我們決定取道仙遊橋另一側賦歸。沿途以英語問路，路人皆走避。還好後來遇著一名聽得懂英語的十九歲少女，相當體貼地帶我們走了一小段路，然後直指前方示意，我們才順利找到地鐵站，結束了這趟虎頭蛇尾的仙遊島之行。

# 異鄉，他者的凝視

▲慶典中的宮妃裝扮。

# 「多餘」的美學

客居首爾九月有餘，逛遍新世界、樂天等百貨公司，也多次造訪「血拼聖地」明洞、東大門、江南地區、狎鷗亭洞、梨花大學旁的「女人街」等等，卻始終買不到太令人驚豔的時裝。在漫長的狩獵行動裡，往往花費一下午時間走逛，卻毫無所獲。走平價路線者但覺質感欠佳，猶如路邊攤；走高檔路線者則動輒上百萬韓幣，實非窮教員如我者所能負擔。

價位的考量猶在其次，重點是，「韓流」與台灣普遍流行的日系風，差異實在太大。雖說今年漸走大膽鮮豔的幾何圖案風，但韓國時裝也太花俏了一些。滿街紅男綠女，男士時有粉紅襯衫T恤，搭配領巾、耳環等裝扮；女士們更不用說了，足下蹬的高跟鞋是「色不驚人死不休」，紅黃綠率性配色以外，細細的鞋跟上猶且不浪費分毫空間地鑲上細碎鑽、綴以蝴蝶結，而後翩翩款擺，招搖過市，教人目眩神迷。通常走此類裝扮風格的女性，頸間必有大串垂墜而下的長項鍊，襯衫胸前若無蕾絲綴面點綴，袖襬也必然會有繁複的荷葉邊裝飾。有時衣裝層層疊疊，蛋糕般簇擁著人形；有時款式剪裁尚可，偏偏卻在領口處多出一堆亮片。此中以韓國的中年「阿尊媽」（大嬸）們最具代表性，遠遠走來，大珠小玉落周身，其「bling bling」之程度，足以將人的眼睛閃瞎。

「總是多了一點」，這是我對韓國時裝的觀察。而「多出那麼一點」的，彷彿也不僅限於服裝一項。再看看「韓國外國語大學校」自編的教材裡，有以下一段模擬兩人在地鐵站裡的對話：

素英：現在不是上下班高峰期，所以人少。如果你趕在高峰期坐地鐵的話，人多得像蒸豆包一樣，一動也動不了。

浩杰：是這樣，你經常坐地鐵嗎？

素英：是的，從家到學校雖然有直達的公交車，但我還是願意坐地鐵。

浩杰：爲什麼？

素英：如果碰上堵車，就很難把握上學的時間。跟這相比地鐵比較保險，地鐵不用擔心堵車，所以寧可倒車，我還是坐地鐵上學。

浩杰：聽你這麼一說，如果有約的話還是地鐵保險了。

素英：對，這是我的經驗。

反反覆覆，旨在表達「坐地鐵較能夠掌握時間」的概念。雖說日常對話原本就瑣碎無聊，然而如此漫長仿若繞口令般的會話練習，也委實太累人了一些。再觀韓語本身的文法結構，據說句子裡的敬語、綴語等特別多，措辭時常需依對象不同而有所改變。至於我看學生所繳交的報告，自訂的主題裡有諸如「爲了避免女人的討厭男人不應該做的事情」、「拿幾種酒來分析的韓國飲酒文化」之類題目，冗長而囉唆。再看文章內容，可再舉例如下：

韓國對紅酒的認識侷限於是一種高檔的酒。其實，紅酒有高檔的、也有一般的。我也喜歡紅酒。可是我常喝的紅酒不是那麼高檔、貴的。在超市裡六、七千韓幣左右的紅酒也賣，我喝這樣的。前幾年在韓國有了很多紅酒吧，在那裡賣的酒幾乎都是屬於高檔的，氣氛也是不錯的，於是去那裡就需要花費很多錢。像我這樣的窮的學生不常去，可是有時見比我先找到工作的朋友的時候，爲了讓他顯示他的能力就一起去紅酒吧。

我猜想這些漢語的書面報告，學生應是先以韓語完成，再逐字翻譯成漢語。客居首爾近一年，我被請託修改的稿件不少，多半都有類此問題，亦即表意曲折而拗口，句子往往十分冗長。這是韓國人的語言習慣嗎？果眞如此，在語言上，彷彿韓人也不憚其煩地奉行著「多餘」的美學。

我還注意到，在首爾的餐館裡吃飯，點份麵食，送來是一大「缸」的份量；點個骨頭湯，內容物也相當驚人。至於聚餐時，吃完幾人份的烤肉後，大夥兒還得各點個冷麵、米飯之類的「主食」，大約是擔心客人若沒吃飽，就無法展現十足的誠意。就此部分而言，中國人當然也有類似想法。然而，除了食物份量以「多」見長之外，韓國人的聚餐習慣，還鮮少「一次性」的完成。通常吃完飯後，必會再相約另覓地點喝飲料。咖啡尚可，若是飲酒，則後續的活動更多，練歌房、酒吧不一而足，興起時屢次更換地點，鬧到三更半夜亦不足爲奇。有幾回與朋友聚會，席間談笑讌讌、其樂融融，酒足飯飽之後，也覺得十分暢快，應該興盡而返了。此際韓國友人總是多禮地要求再轉移陣地，繼續歡聚，大夥兒不忍拂逆其好意，也就隨同前往。豈料換了地點之後，氣氛丕變，先前的話題冷了，一大票人僵坐著勉強喝乾酒，委實有些尷尬。

無論從生活習慣、語言模式或流行趨勢看來，「恰好」的生活哲學，都很難出現在韓國社會裡。以多爲尚、以繁爲美，似乎成就了韓人的「多餘美學」。

# 韓國的地鐵文化

韓國的地鐵四通八達，在首爾市內，除了八條主要幹線之外，尚有盆唐線、中央線和京義線，在地圖上蜿蜒自如、色彩繽紛，看得人簡直眼花撩亂。對外國人而言，這些地鐵站的標示都相當清楚，可謂十分方便的交通工具。

居停首爾近一年，地鐵成爲出入必備的交通工具，我日日與之接觸，不免也耳聞目睹了不少「奇觀」。首先是必須遵守韓國地鐵內的「大嬸大叔對待守則」：其一，大嬸、大叔插隊是理所當然，不可與之理論；其二，大嬸、大叔要你讓座亦是理所當然，不得有任何異議。

韓國的大叔們酷愛飲酒，只要中午過後一進地鐵站，便有或隱約飄散、或令人醺醉的酒香陣陣傳來，大叔們鎮日無事，大約坐著方便的地鐵，大清早找朋友喝酒去，又風塵僕僕地搭地鐵返家。酒酣耳熱、心神暢快之餘，便很愛在候車處找人聊天，東搭訕西閒聊，佇立的乘客多半不太搭理。車子一來，他們搖搖晃晃地搶著上車，一上車便開始坐著打盹。如果適逢下課時間，一群中小學生吱吱喳喳、七嘴八舌地在地鐵上打鬧，擾了大叔清夢，那可是會遭到斥責的，據說大叔們視此爲「沒教養」的表現。

至於大嬸們的表現亦不遑多讓，上、下地鐵時，她們的動作可比年輕人還迅捷，你若手腳不夠俐落，她們一是插隊，二則是索性在身後，用陽傘或手指猛戳著擋路人的腰背，督促你務必快快上車。一旦上車，若無座位，她們可是會毫不客氣地出言要求乘客讓位，大約被指名者，多會訕訕然起身。然而，落座之後，大嬸們立即變得相當和藹可親，她們十分熱忱地「搶」過對方皮包，以減輕站立者的負擔。若是語言不通，可能會誤以爲光天化日之下，竟遭逢搶劫事件了。

韓國的地鐵文化之二，則是特殊的「販賣個體戶」。每當各站暫停、人潮湧入之際，常見有人拎著小推車走入，站定後便開始取出推車內物品，邊叫賣著、邊示範用法，各類產品含括圍裙、手套、雨傘、雨衣、皮帶等，五花八門。有回我甚且見著一名中年男子，西裝筆挺，手持著特殊削皮器，將道具小黃瓜片片削得極薄，然後貼在自己臉上，權充面膜使用。由於模樣實在太滑稽了，但見乘客們紛紛掩面偷笑。還有一回，亦是中年男子在地鐵上示範自己叫賣的廚房用品，一群安坐博愛座的主婦們，很熱烈地與販賣者交相討論著，不時還冒出一陣爆笑，氣氛相當熱絡，儼然下午茶閒嗑牙的翻版，只不過場所置換爲地鐵座罷了！

至於地鐵文化之三，則是乞者、殘障者絡繹不絕。據說上述的販賣者及乞者、殘障者在地鐵上走動都是違法的，但卻從不見有人取締。常常，優美的音樂輕輕響起，伴隨的便是拄著枴杖的盲者緩緩走過一節節車廂，沿路乞討。另有一類人，則是在地鐵裡對乘客逐一分發小紙條，其上所書寫的韓文，大抵是說明個人身世處境、爲何必須請求伸出援手等等。待到整車廂都發放完畢後，又逐名收回方才所發的紙條，若有乘客願意幫忙者，紙條傳回時，便順手奉上幾張紙鈔。

初時我見這些乞討者都佩戴著識別證，便不疑有他。後來與學生共乘地鐵時，他們才告知我其中的虛實。有學生提到一回遇到盲者乞討，他沿路收取零錢，忽有乘客掏出紙鈔一張，欲施捨時卻不慎掉落；說時遲那時快，盲者隨即身手矯健地彎腰、準確無誤地拾起，顯然眼盲是欺瞞。又有學生提到，一回有年輕人在發送的紙條上，說明他既聾又啞，不得已出外乞討，乘客見他可憐，紛紛解囊相助。此際地鐵車門打開，某張紙鈔隨著魚貫而出的人群掉落，恰被甫上車的不知情乘客瞧見，她好心提醒：「大叔，你的錢掉了。」這位大叔則感激地對她說：「謝謝！」先前聾啞的謊言，因爲有禮的道謝遂不攻自破。

類此怪現象不一而足，形成韓國地鐵的特殊文化。我在首爾，閒時搭乘地鐵，安坐其間靜靜觀察世象百態，不時驚詫於他人眼中早已司空見慣的新奇物事，倒也別有一番樂趣。

# 關於過節種種

十月三日是韓國的開天節（Gaecheonjeol），也是我抵韓一個多月以來，度送的第二個節日。

之前的中秋節，雖因思鄉太甚，臨時起意搭機返台，但早已聽聞數個韓國媳婦叫苦連天，都說不喜歡過中秋。在韓國，中秋是僅次於春節的重大節日，必須祭祖、掃墓，一家團聚並表達對於先人的感恩，因此一般有三天連假。據報導指出，韓國男人怕過節，乃因對身爲全家經濟支柱的男人來說，送禮加上往返交通費用，實爲重大負擔；女性更怕過節，因爲三天內鍋碗瓢盆洗不完；至於韓國的未婚女性，我所聽聞者亦多不喜過中秋，箇中隱情，乃因畏懼返家會被親人催婚與逼婚。

從台灣過完中秋再返韓國，好友莉芳體貼地前往仁川機場接機，我急忙探問她，連假期間返回婆家過節的感受可好？她頻頻搖頭，直慶幸著還好老公重感冒，全家乃以此爲由，匆匆藉機開溜。我又問她是否已食過月餅？這才知曉原來韓國人過節吃的是「松糕」。「松糕」作法乃用糯米捏成半月形狀，包入芝麻或紅豆、綠豆等爲餡，由於放在松葉上蒸過，因此嘗起來有股淡淡的松葉香。返回宿舍後，對門崔教授送來禮盒一份，說是中秋前夕校方致贈外籍教授者，他代我擺放於冰箱內，我打開一檢視，禮盒內的吃食已堅硬如石。夜裡上網查詢圖片，原來那見所未見的食物，便是所謂的松糕。

▲韓人中秋食用的「松糕」。

至於開天節，則是傳說裡韓民族始祖檀君（Dan-gun）建立古朝鮮的「建國紀念日」，原本定在農曆十月初三，自一九四九年起，改爲陽曆的十月三日。關於韓民族的建國神話，根據《三國遺事．紀異第一．古朝鮮》記載，乃是天帝桓因（Hwan-in）庶子名爲桓雄（Hwan-ung）。桓雄「數意天下，貪求人世」，天帝知道兒子的心意後，選定三危、太伯二地，並授天符印三個，遣其前往治理。桓雄遂率領三千部下，「降於太伯山頂（今日之妙香山）神檀樹下」，並號爲「桓雄天王」。

而據說其時人間有一熊一虎，同穴而居。牠們經常向桓雄祈求，希望自己能轉化爲人。桓雄於是予「靈艾一炷、蒜二十枚」，要熊虎食畢，百日內並不得見天日，如此方可轉爲人身。熊和虎雖都依照吩咐，食畢艾草及蒜頭，但由於熊能「忌三七日」，於是在二十一天後變成女人；老虎則因爲「不能忌，而不得人身」。熊女變爲人身後，沒有結婚對象，於是又到神檀樹下祈禱，希望自己懷孕。桓雄乃化成人身與熊女結合，生下一名兒子，名爲檀君王儉（Dan-gun Wanggeom）。檀君王儉在中國的堯帝即位第五十年時，定都平壤城，以「朝鮮」爲國號，在位一千五百年。後來周武王封箕子于朝鮮，檀君乃隱居爲山神。

韓國人之所以自稱爲檀君後裔，正是源自這則神話。他們潛意識裡把神話當作歷史看待，如此韓民族的歷史就可以追溯到遠古，而與中國的堯帝同一時代。因此，儘管韓國政府從一九六二年起已廢除「檀君紀元」（Dan-gun Giwon，簡稱「檀紀」），但據說民間還是有極少數人家仍使用檀紀（Dan-gi）。

開天節當日，政府和民間宗教團體都會舉行各種隆重的慶典和活動，但我所在的外國語大學校附近則毫無動靜。一整日裡天色陰鬱，少了韓國秋季慣有的藍天，令人中心悵然。室內的鳳凰衛視熱鬧得很，報導著南韓總統盧武鉉越過三八線，與北韓領導者金正日會面，他所致贈的禮品中，包含了李英愛所主演《大長今》電視劇；而盧武鉉本人亦將觀賞《阿里郎》的演出。

異國新聞過耳嘈嘈切切，盡皆陌生，我雖身在首爾，卻無論如何難以融入。節日裡一切如常，唯雨日寒涼。

# 韓國的「家庭月」

五月據稱向來是韓國的「家庭月」，節日特別多，除了國定假日「兒童節」（五月五日）和「佛誕節」（五月十二日）之外，其他非國定假日尚且包括：

五月一日　勞動節（此與台灣相同）
五月八日　父母節
五月十四日　玫瑰節
五月十五日　教師節
五月十九日　成年節
五月廿一日　夫妻節

其中「勞動節」和「佛誕日」之外，其他節日大抵是與親朋好友相聚之時，友人乃戲稱「家庭月」是「花錢月」——需要打理的人事禮儀特別多。

「兒童節」當天，我去電韓國友人，她雖已結婚多年、膝下無子，但夜裡話筒彼端傳來的卻是一片熙嚷人聲，間雜著孩子歡呼尖叫的背景音。友人話裡帶笑地告訴我：「今天是兒童節嘛，我正陪姪子們吃飯。」

「父母節」之前，另一位韓國媳婦則憂心忡忡，苦惱著不知該送公婆什麼禮物。一年當中，韓國媳婦最難過的便是「中秋節」和「父母節」，對於重面子的韓國人而言，禮俗的繁瑣與講究，恰恰使節日成爲彰顯身分、較量地位的競技場。

至於「玫瑰節」，說來可愛，原來是情人節的延續。韓國的年輕人似乎特別熱中於過情人節，除了台灣目前亦流行的二月十四日「情人節」、三月十四日「白色情人節」之外，四月十四日稱之爲「炸醬麵節」，據稱是沒有情人、無從送禮也得不到回贈禮物的孤獨失意之輩，聚在一起吃炸醬麵的日子。四月當日，居然連學校食堂都應景地備置了炸醬麵。其後五月有「玫瑰節」，六月、七月……各個月份的第十四日，據說都有不同的名目與花樣，情人們簡直終年無休。

時至五月十五日「教師節」前夕，大學院（按：即台灣的研究所）代表早早便來送禮，我所任教班級一幫貼心的學生們，也頻頻相詢何時能「賞光」吃頓飯？我答以不需破費，心裡卻咕噥著不如改為放假較實際，在韓國，老師可比不上兒童有假可放呢！

教師節當日一切如常，時逢週四，我仍舊早起，滿心不情願地攜著課本講課去。首堂會話課結束後，有學生趨前問問題，言說間又到了上課時分，我怕耽誤時間，匆匆交代一聲：「去喝口水，馬上回來繼續上課。」待我匆匆趕回教室，有學生擋在門口，又想問問題。將我引到走廊邊角後，她開始神祕兮兮、吞吞吐吐地囁嚅著：「老師，其實我想說，這學期我很喜歡妳啊……」雖然察覺她神色慌張，但我仍滿頭霧水、無言以對。忽然間教室門打開了，小女生頓時鬆了口氣，開心笑道：「好吧，老師我們進教室了！」甫至門口，歡呼、鼓掌聲響起，黑板上大大地寫著稚拙的四個字：「謝謝老師！」講桌前則赫然出現大蛋糕，點上細細的燭火五根，我笑稱：「這是在過五十歲生日嗎？」全班哄堂大笑。爾後有學生上台獻花，大夥兒則唱起我聽不懂的韓語歌來表達感謝。後來，她們且相當貼心地將影印好的歌詞奉上，原來曲名〈謝師恩〉，首段歌詞如下：

老師的恩情如萬丈藍天，
每一次仰望都景仰無限。
您教導我們要行正品端，
您就是我們心靈的父母。

啊，謝謝您給我們的愛。
啊，我們定將報答您的恩情。

雖然讀來並無新意，然而在台灣可還不曾有正式的「謝師恩」歌。來到首爾教書後，確實可以感受到，韓國學生似乎眞把老師當「父母」恭謹有加地對待。他們上課一般較少遲到、缺席的狀況，下課鐘響之際，也不敢輕舉妄動地收拾書本紙筆。即使課程講述告一段落，老師未說出「下課」二字前，無人有準備離席的舉動；待我覺察到毫無動靜，說聲「下課」之後，彷彿諭令般，你會聽到學生整齊一致地說聲「謝謝老師」；離開教室前，尚且會用不太流暢的中文，趨近來鞠躬，挨著妳說聲：「老師，下星期再見！」台灣的孩子們，固然亦有以此恭謹態度待師者，但在我的經驗裡，他們似乎較願意跟老師融洽地稱兄道弟、打成一片。

教師節前後數日，我整整切了三個蛋糕，比往年過生日時吃的都多。大夥兒在課堂上分食蛋糕之際，我猶且好爲人師，大啖之前先教導他們一句客套話：「讓你們破費了！」吃完並且發表我的品嘗感言，再教導一句：「這蛋糕甜而不膩，眞好！」他們果然也認眞地學舌。據稱有位大陸老師頗「逗」，學生準備了小禮炮，在課堂上拉炮以資慶祝。當他正專注於吹熄燭火之際，忽聞「砰」地數聲，那位老師滿面驚愕，忙著讚美：

「唉唷！韓國的蠟燭這麼進步啊？我一吹它就放花啦！」眞是一絕。

甜食吃多了，嘴巴、心思不免也跟著甜了不少，因此撰文讚美一年來我所教導的韓國學生們，兼以爲紀念。

# 韓服初體驗

托台灣學妹莉芳之福，恰巧有個難得機會，可以隨來韓參訪的「中國教育團」前往禮智院，嘗試半日的「韓服初體驗」。

我與西安音樂學院來的張西老師相約在地鐵「回基站」大廳。抵韓半個月，只與助教共同搭乘過一次地鐵，因此早上九時未到，我便戰戰兢兢地來到約定地點，然而眼看著時間分分秒秒流逝，卻不見熟悉人影，心裡開始暗自犯嘀咕。異地初來乍到，手機尚未及申辦，公共電話也不太會使用，好不容易接通了線，原來是張老師睡過頭，這第一次的經驗就令我驚嚇連連。

從回基站搭車，轉三號線到東國大學附近，莉芳已經枯候多時。待到三人再轉乘計程車抵達禮智院，又遍尋不著參訪團，看來我們的韓服體驗之旅，還眞是狀況頻仍。

禮智院的外觀，並不如想像中氣派堂皇，原來是爲了傳授韓國傳統禮儀而開設的文

▲禮智院的各色韓服體驗。少婦裝束多屬粉彩色系，熟齡者則換著深藍長裙。

化中心。參訪團安排的行程，是韓國傳統民族服裝的穿著方法以及禮儀教授。當我們匆匆趕到會場時，大部分學員都已穿戴妥當，我與張老師兩人乃隨手各拎了套衣服，手忙腳亂間卻不知該如何著裝。正在此刻，一位韓國阿姨趨前，在我換穿的白色裡衣外，將展開的長裙環繞身體周匝；接著，她將長裙綁帶由後纏繞至胸前，然後死命勒緊，幾乎叫人透不過氣；最後，阿姨再將短上衣爲我套上，並且巧手綁了個相當漂亮的平結。

裝束完畢，將頭髮挽起，游目四顧，彷彿人人一瞬間都成了阿里郎和泡菜妹，周遭一片韓國情調。解說員緊接著要大家入座，開始示範坐墊的取用與擺置方法，有粗魯的男老師手執坐墊，「啪達」一聲便擲往地面，立刻引來解說員的糾正與哄堂笑聲。其後，解說員分別請數位裝束不同的老師上台，原來方才各人所挑選的服飾，依色彩不同，乃有孩童韓服、新郎新娘服、初嫁娘裝束、婦人服等等差異，再搭配上各式髮飾，眞是形形色色、不一而足。但大體而言，少婦裝束多屬粉彩色系，熟齡者則換著深藍長裙。

韓國的男士裝束亦頗繁多，髮髻是一定得戴上的，居家出門則還各有不同的帽飾與衣裝。有較活潑的學員著裝完畢，自謂頗類電視劇中的員外、太監裝束等等，現場氣氛一片歡樂。

至於坐姿儀態、裙襬的整理、手勢的擺放等等，也各有規矩，身旁來自西安的老師邊演練，邊低聲批評了句「奴性」，然而想想，傳統中國女性服飾不也都是繁瑣謙卑、束縛而又壓抑？這種裝著，略加體驗即可，我忍受著幾乎令人喘不過氣的韓服，起坐間牽牽絆絆、跌跌撞撞之際，只能深自慶幸自己是身在現代的女性，再也不必謹守這些繁文縟節了！

# 遊蕩，在藝文光影間

▲首爾市立美術館。

# 當「亂打」開始

四男一女以廚房爲場景，用鍋碗瓢盆等炊具充作樂器打擊，這樣的表演型態，乍聽之下吸引力似乎不大，但「Nanta」（亂打）秀卻號稱是「首爾十大看點之一」。居停首爾近年，直至日前，我方有機會一探究竟。

Nanta的舞台是個大型廚房，表演開始前，現場先以韓、英、中文等字幕打出注意事項，迥異於一般「表演過程需保持安靜，請勿喧嘩」的提示，亂打秀鼓勵觀眾「盡情地叫喊」、「請拍手」、「很好，請再拍手」，表演就在歡樂的鼓譟之下正式展開。

演出的劇情內容相當簡單：下午四點五十分，正準備開始工作的四名廚師，突然接到經理命令，要求作出十菜一桌的喜宴，且須趕在六點前完成。蠻橫的經理甚至把侄子帶進廚房，指使廚師們教他廚藝。廚師們雖覺得經理的侄子礙眼，但亦無可奈何，爲了在規定的時間內完成任務，不得不加緊工作。在此期間，主廚努力想做出美味的菜肴，卻屢遭失敗；身強力壯的男廚和年輕貌美的女廚則頻頻互送秋波；而男廚同時還和經理的侄子不斷爭風吃醋、爭辯是非。出人意表者，最後恰恰是侄子想出好點子，才幫他們解決了「奶油蛋糕」的製作難題。六點整，任務有驚無險地完成。緊接著是隆重的婚禮場面，四位廚師和經理嫻熟的打擊樂演奏，將節目帶到表演的最高潮。

這場秀的重點，在於以韓國傳統的農樂爲基礎，結合西方表演劇內容，藉由原始的爆發力和速度感，傳達出力與美的感受。精湛的舞技和高超的廚藝如何能融爲一爐？在當日所觀賞的演出裡，以主廚及女廚師表現最是精湛。我激賞主廚俐落的武打身手，以及充滿戲感的靈動眼神；女廚師則笑容可掬、色藝俱佳，她的舞蹈身段及俐落刀法，亦充滿無盡魅力。整場亂打秀的配樂並不多，然而五名演員無論在敲擊、舞蹈、武打，甚且如插科打諢的魔術和俐落的刀法、雜技表演等方面，俱可圈可點，看得出是苦練而成、眞材實料的演出，相當值回票價。

爲了形成良好的互動，亂打秀且在表演過程裡，適時邀請觀眾上台品嘗湯頭、扮演婚宴裡的新人、分組進行包水餃比賽等，或是引導台下的觀眾一起跺腳、鼓掌、吶喊，甚且擲出塑料小球分送觀眾。一時間台上各種食料灑落地面，台下則五色彩球紛飛，搭配燈光與音響，場面相當激動愉快，熱鬧非凡。

「Nanta」其實是非常適合闔家觀賞的舞台秀，雖然有語言表達的限制，然而在演出者肢體動作的輔助下，觀眾毫無欣賞障礙，這點由會場發出最多笑聲的兒童身上，便可深深體現出來。亂打秀眞是種跨國界的表現形式，它以藝術成就了世界性的共通語言；更重要者，是在演出中融合富含韓國色彩的傳統舞蹈，將原本略顯單調的四物舞成功轉化，並自然地讓世界各國的觀眾欣賞與領會。

爲此，我稍稍查詢了一番亂打秀的演出歷史，乃源於一九九〇年代初期，由於感受到國內市場形成瓶頸，韓國演出單位乃構思新型式的作品，最後決定將傳統的打擊樂與西洋表演劇相結合，以體態和鼓點表達寓意，從而開創了 Non-Verbal 表演的先河。而鑑於台詞鮮少，可能會令觀眾覺得無聊，所以，亂打秀從首次演出以來，便不斷地更新版本、追求變化。

「亂打」成功地打造出韓國表演界的國際市場，自一九九七年正式演出起，便廣受佳評，自二〇〇四年起，並代表亞洲在百老匯定期表演。二〇〇六、二〇〇八年，亂打秀曾經兩度赴台演出。我在台北無緣得見，反倒在首爾以異鄉客身分實際感受。無可否認，當地的節目單製作粗糙、中文翻譯令人失笑，是一大敗筆。但進入實際演出後，我又不得不承認，這確實是首爾頗具「看點」的節目。

直至今日，當天演員們認眞的表情、賣力的敲打、汗流浹背的淋漓展現，仍讓我時時思憶起，那裡頭彷彿蘊含了這一年來，我在首爾所感受到某種「拼命」的國民精神；

而狂放的鼓點、猛烈地甩頭，以及台上台下盡情的跺腳與吶喊場面，又彷彿是韓民族內在壓抑與發洩的轉化。

因此我始終認爲，除了傳統文化的保留之外，亂打秀猶且傳達了某種精神層面的特質。從劇情安排看來，它不見得有多深刻的意義，但此種表演卻以平易近人的形式，成功體現出韓國人更深沈難言的民族性。

▲首爾十大看點之一的「NANTA」（亂打）秀，是適合闔家觀賞的舞台秀。

# 癲狂而熱烈的生命力

## ——關於梵谷畫展

早於二〇〇七年年底離開首爾前，便聽聞此地刻正展出梵谷（1853-1890）畫作，但因上學期課程業已結束，返國在即，一時也找不著人陪同前往觀覽。所幸「不朽的畫家——梵谷」乃國際性大展，展期自二〇〇七年十一月廿四日橫跨至二〇〇八年三月十六日，三月裡重返首爾後，便選了個天氣晴朗的午後，與吳敏一同趕赴藝術盛會。

雖然事先已從網路上查明地鐵路線，但實地尋訪時仍有些困難，吳敏用她據稱「不太流暢」的韓語，問了好些路人，才找著隱身於清幽巷弄間，貌不起眼的「首爾市立美術館」。午後近三時，排隊買票的觀眾居然頗多，教人大感意外。即使是非假日，首爾市民仍攜家帶眷前往看展，據稱此是韓國首次舉辦的梵谷畫展，其中且不乏穿戴入時、裝扮慎重的「阿尊媽」（大嬸），又據云這些大嬸多是所謂「新娘大學」裡的藝術科系畢業生，因此有錢有閒之餘，看來氣質倒也不差。

展場分在館內二、三樓，工作人員爲控制人數，要求大家依序排隊，因此看展前也在人龍間耗費了近十五分鐘，然而一切等待都是值得的。比起寒假期間於台北故宮欣賞「華麗巴洛克」時人滿爲患的景況，此地因有數額控制，看展品質便相對好很多，尚不至於佇立名畫前，但見萬頭鑽動。此番梵谷的畫作裡有不少精品，館方由荷蘭的梵谷美術館和庫勒慕勒美術館挑選了六十七幅畫作，包括四十五幅油畫、二十二幅素描及版畫，並將梵谷的創作分爲：荷蘭（Holland）時期、巴黎（Paris）時期、亞耳（Arles）時期、聖雷米（St Rémy）時期和奧維爾（Auvers）時期分別展出，從中可見梵谷創作風格的轉變。

荷蘭時期（1881-1885）所展出者，主要是梵谷早期的素描作品，當時梵谷學習的典範應是米勒、盧梭等巴比松派畫家，他的素描筆調雖然滯重，但仍相當寫實；所描繪的題材，則以農民、礦工等低下階層人民生活爲主，「吃馬鈴薯的人」系列有部分展出。此階段明顯可見梵谷早期以神職人員的熱情，遠赴偏僻礦區傳福音所受到的震撼，在他筆下，無論是禿著髮垂首枯坐、一籌莫展的老礦工，或是慘澹燈光、氤氳熱氣裡分食馬鈴薯的貧寒人家，面部表情都以剛硬的線條，展露出生活的風霜以及生命的堅毅，深具堅實與素樸的美感，也體現了畫家的悲憫情懷。

巴黎時期（1886-1888）起，開始進入梵谷繪畫過程裡最重要的轉變階段。受到弟弟西奧（Theo）鼓勵和資助的梵谷，於一八八六年轉赴巴黎習畫，在當時流行的印象派畫法裡，重新得到啓發，部分畫作且有秀拉（Seurat）點描法的影子。或謂梵谷此期畫風尚未成熟，還在尋找自我的表現方式，然而我站在展場裡，細細凝視一幅描繪林間叢樹的作品，那些葉隙間的光影，深綠、鮮黃、暗褐的色彩變化，確實是點描法的表現；但對於地面遍佈的落葉，梵谷卻已開始以漩渦式畫法，展現出風來葉片翻飛的動態之感。

此外，在題材方面，此期梵谷受到印象派畫家的影響，開始有大量花卉寫生出現。在連續數幅一行排開的瓶花作品裡，我見到梵谷對於背景的處理稍微平面，但卻以一層層堆疊的顏料，刻意突顯花朵本身或盛開、或即將凋零的情狀，那些凸浮於畫面之上的顆粒宛若雕塑，充滿立體感；而由此所展現的頑固生命力，實非複製畫作所能表達。平素我對靜物寫生並無特殊好感，然而儘管只是室內安插的瓶花，梵谷卻能表現出一種噴薄欲出的怒放張力，這眞是畫家內在情感的眞實呈現。

此階段延續到色彩更趨明亮的亞耳時期（1888-1889），在各種畫作裡，梵谷大量運用黃、紅、綠等原色，展現原始生命力，那些內在的抑鬱、欲望與徬徨，彷彿都在畫筆裡盡情傾吐。此外，他以粗重且略顯稚拙的線條勾勒物體形狀、以不均衡的構圖形成傾斜美感等技法，在相關畫作裡也都屢屢得見。我羨慕以彩筆展現人生體感如梵谷者，即使畫作之下的英文名稱，不過是〈The sower〉、〈Portrait of a man〉之類平凡的標題，然而無須過多言辭，畫家的情思便能藉由構圖、筆觸、色彩的搭配等，在這些畫作上具體而微地呈現。

「亞耳時期」我最期待看到的，是梵谷為迎接高更前來與之共處，而繪作的二十餘幅向日葵作品，然而據說「向日葵」是國寶不得外借，所以此次未能一睹，很是遺憾。

第三個階段包括聖雷米時期（1889-1890）及奧維爾時期（1890），時間不長，卻是梵谷藝術創作的全盛時期。在與高更產生衝突而爆發「割耳」事件之後，梵谷應該已漸受躁鬱症所苦，瀕臨崩潰邊緣。其後受到亞耳居民集體請願的影響，梵谷被迫至聖雷米修道院療養。一八九〇年五月，梵谷從修道院轉到巴黎北部的奧維爾小鎮，接受嘉舍醫生的治療，他在小鎮上待了兩個月，最後在麥田間舉槍自殺。

這個時期的梵谷，在紅、黃、綠等原色之外，更大量地運用藍色，表徵他內在憂鬱的情思。梵谷筆下的鳶尾花，即使凋萎垂落，也藍得相當絕望而固執；他眼中所見的群山，亦是以剛硬的線條、大量的藍色來塗敷；遠處的教堂、屋舍等，則都被夏日鬱暗的藍色天空壓迫著，顯露出扭曲不安的線條，彷彿行將崩落。

我尤其喜歡的，是他畫中的絲杉。在一幅標為〈Road with cypress and star〉的作品裡，鄉間人物行走於天色趨暗的小徑，那小徑的線條如此長長地傾洩著，充滿了隱藏的不安；天空則是梵谷最典型的「星夜」式畫法，漩渦、紊流，旋轉著一個癲狂者內在荒野的心靈；而畫面正中央那株巨大的絲杉，則以滯重而執拗的線條，展現畫家對於命運的抵抗與挑戰。站在畫作前久久凝視，我幾乎泫然欲泣，理性的分析方面，我見到梵谷前期的點描、剛硬的線條勾勒以及後期的漩渦狀筆法，在此得到完美的融合；然而更深刻的是情感，是畫面外所透顯的那種躁鬱、不安與狂亂。我想起蔣勳解讀梵谷時的感慨：

梵谷是精神病患，但是他看到了最純粹的美的事物。我們很正常，但是我們看不見。

正常，意謂著我們有太多妥協嗎？

我們不知道，一再妥協，我們已經流失了眞正純粹的自我。梵谷揭發了所有「正常人」的妥協，他明確宣告：沒有某一種瘋狂，看不見美。

《破解梵谷．受苦與救贖》

也許我們都在梵谷的畫作裡，照見自我部分陰暗而沉鬱的心靈。在展場所有作品裡，從入眼第一幅名為〈sorrow〉的素描，梵谷刻畫與他同居且需撫養數名孩子的妓女，她垂髮掩面、抱膝而坐，凸突的小腹下墜的乳房稜線分明的腿部線條，寸寸縷縷都在訴說著哀傷。而後〈In the church〉裡刻畫的祈禱民眾，個個也以哀傷的表情示人，乃至於〈The potato eaters〉、〈The old sad man〉、〈Portrait of a man〉等畫作，我久久凝視著，不能明白爲什麼人的臉部線條，可以被表現得如此無奈、絕望而扭曲，他們其實不是妓女，不是礦工、教徒、農民乃至男人們，他們都只有一個名字：梵谷——始終憂傷著的梵谷，因理想而憂傷、因悲憫而憂傷的梵谷。

我在一幅幅畫作前流連，腦海裡過往的畫面一幕幕浮現：高中時代，我曾在齊豫〈Vincent〉的歌聲裡初識梵谷，其後聽到原唱者Don Mclean的詮釋，覺得更爲體貼動人。十八歲離家北上，我在永和樂華戲院裡初遇黑澤明的《夢》，《夢》裡那「烏鴉」段落，鋪陳男子在畫展中觀賞梵谷，不知不覺走入畫作，與藝術家有了一場超越時空的邂逅，末了麥田飛出的群鴉，效果撼人，令我爲之震懾。大學時偶在金馬影展裡，觀賞到拍攝於一九五六年的《梵谷傳》，在黑暗的電影院裡，我還記得坐在地板上近距離觀看銀幕，那些流動的色彩、癲狂的鏡頭有多麼令人迷醉。乃至於一九九八年，我在法國南部的亞耳，親眼見著梵谷筆下的加德水道橋、夜間咖啡館，以及親履梵谷曾接受精神療養的醫院花園時，那些複雜的感受、沿途道見林木盡成梵谷畫筆下絲杉的錯覺……。

梵谷在不同的時空情境下、相異的生命場景裡，一次次撞擊著我枯萎的心靈；而歷久彌新的藝術，原來便具備這樣的震撼。我相信在無數的日後，梵谷仍會以他年輕早逝的生命，不斷感動、啓發無數因壓抑而得倖存於世的人們。

# 夏日的視覺饗宴

## ——關於「二十世紀拉丁美洲藝術展」

炎炎酷暑裡一場及時雨過後，氣溫驟降，難得涼風陣陣，正好趁著假日方好，往德壽宮行了一趟。又巧逢德壽宮美術館內有名爲「二十世紀大師：拉丁美洲藝術」的展覽，展期自七月廿六日至十一月九日止，當下遂決定購票入館，好好朝聖一番。

我是被展場入口處一眼望去的芙烈達．卡蘿（Frida Kahlo, 1907-1954）畫作所吸引，然而實際入館後，始發現方才所見，不過是「紀念品展示館」內的複製畫而已，展場內芙烈達．卡蘿的眞品並不多。即使如此，這趟美術館之旅也讓我意外與色調濃烈的拉丁美洲繪畫，有了美妙的邂逅；更因而對若干拉美畫家生發無限興趣。

德壽宮美術館內樓分兩層，並以四個展間擺設畫作，主題依序爲：「I、改變世界的夢想：壁畫運動（The mural movement）」；「II、我們是誰？：拉丁美洲的歷史與身分認同」；「III、自我的探索：個人世界與超現實主義（Surrealism）」；「IV、具象畫表現（Figural representation）的反抗：從構成主義（Constructivism）到抽象藝術（Op Art）」。此次展出自一九二〇至一九七〇年間，八十四位畫家的一百二十幅畫作，這些畫家分屬十六個不同國家，約佔拉丁美洲國家數一半之譜。

大致而言，第一展間以一九二〇年代始於墨西哥的壁畫運動爲主軸，自然少不了墨西哥壁畫三傑之一，亦是芙烈達·卡蘿夫婿的狄亞哥·里維拉（Diego River, 1886-1957）之作，狄亞哥·里維拉的〈世界宗教史I〉、〈世界宗教史II〉應在此次重要展出之列，其中呈現的複雜性與蘊含的批判意圖相當豐富。然而私心裡，我反而比較喜歡他以柔和筆觸所刻畫的市井人物，如〈Pinole saleswoman〉（賣糖炒玉米粉的女人）、〈Bather at Tehuantepec〉（Tehuantepec的浴者）二作。那市集販者的容貌，隱隱有畫家影子投射其中；至於浴者微微傾身的線條則自然優雅，黝黑的膚色、碩大垂墜的乳房，亦展現出健康的審美情感。狄亞哥·里維拉此類作品的構圖與線條，都相當簡潔而流暢，用色則以穩重的褐沉色系，呈現出柔和的畫面感。其中「浴者」一幅以青綠葉片環繞人物，形成自然的鑲嵌效果，一方面襯顯出人物主題，一方面亦爲畫面整體底色定調；再輔以金銅色邊框，與畫作融合無間，相當具有巧思。

基本上，「壁畫運動」階段重在以寫實筆觸，呈現拉丁美洲人民的生活實象，並於其中寄託改善社會的意圖。除了狄亞哥·里維拉之外，Francisco Goitia （1882-1960）及

Eduardo Kingman（1913-1998）是另外兩位令我驚豔的畫家。Francisco Goitia的作品〈Tata Jesucristo〉（再見，Jesucristo？）及〈The old man on the dunghill〉（垃圾堆上的老人〉，一幅以相當剛毅有力的筆觸刻畫表情，由此展現人物內在的巨大哀痛；一幅則以細膩而立體的堆疊手法強調老者滄桑的臉孔，老人持杖跌坐於垃圾堆上，背景襯著廣闊無邊的朗朗晴空，那景象遂令人生發「天地不仁」之慨嘆。至於Eduardo Kingman則似乎擅長以略帶卡通化的筆觸強化主題，一幅〈Untitled〉畫作，以不同層次的藍色爲底調，突出畫面中乞者哭喪著臉的表情，並在畫面右下方，以誇大筆法繪出粗糙的手指、寬闊污穢的指甲以及手中扣著的偌大乞缽。至於乞者衣著，則亦以藍布簡單包覆，露出半遮著的愁苦面容，主題相當突出，畫面亦深刻而有力。Eduardo Kingman的其他畫作大抵如是。

第二、三展場所展出作品，則以「身分認同」及「自我認同」爲主軸，令我略感訝異的是，不少刻畫女性體態相當生動的畫作，竟都出自男性之手。特別喜歡的是Fernando Botero（1932-）及Armando Reverón（阿曼德．瑞伍昂，1889-1954）作品。Fernando Botero是哥倫比亞畫家，展場裡高掛的一幅〈Woman putting on bra（Lovers series）〉，身材壯碩的女性逕以肥腴的臀部示人，臀上黑痣點點清楚可見，她正反手交扣著胸罩，從背後望來，令人想見意態似乎頗爲從容。大牀周遭地上，可見襯裙等黑紅各色衣物橫陳。至於在女體龐大的遮覆之後，則隱約可見一名身材嬌小若嬰兒、嘴邊蓄著短髭的男子，在牀上甜睡方酣。這幅畫作的色調以粉紅及淡綠爲主，稚拙的筆觸夾帶嬌嫩的顏色，展露出略帶冶蕩的春意；然而那肥腴的女體卻又以包覆男子的型態，形成大地之母式的、無性欲的豐饒意象。在 Fernando Botero 筆下，此種另類的體態觀照與視覺鋪陳遂展露出全新的審美視野。

展場裡另有一幅名爲〈The poet〉的畫作，亦以圓胖的身軀著稱，詩人鼓鼓的臉龐上架著相對瘦弱的眼鏡，左手捧詩集、右手叼著煙，遙望遠方，貌似沉湎於構思中，相當逗趣。Fernando Botero 也擅於諧擬名作，尤以〈蒙娜麗莎的畫像〉及〈范艾克的阿諾菲尼夫婦〉兩幅作品最爲人所熟知。

至於 Armando Reverón 則爲委內瑞拉的著名藝術家，此次展出作品爲〈The lying Maja〉。在類似麻布的材質上，畫家先將帶褐的底色打淡，而後以陰影襯托的方式，自然形塑出人體輪廓。那雙手柔弱垂墜的線條、雙腿間的稀疏陰毛，在陰影營造出的立體畫面下若隱若現，生動呈顯出一名意態慵懶、斜倚長榻的長髮少女形貌。畫裡少女的動作、神情，略有哥雅名作〈The Nude Maja〉的影子，但其筆觸則更爲朦朧邈遠，引人無限遐思。

此次畫展令我稍感遺憾者，是芙烈達・卡蘿的名作多未參與展出。德壽宮美術館內，雖另闢一芙烈達・卡蘿專展小室，然而除了〈Portrait of Miguel N.Lira〉及〈Pancho Villa and Adelita〉兩幅油畫作品外，僅〈Frida in coyoacan〉、〈Town girl〉、〈Bar“One more!”〉三幅小型水彩練習作，及另一幅名爲〈Table with different signatures〉的作品，實在難以滿足我對芙烈達・卡蘿的仰慕之心。然而觀察畫展會場，時有觀眾以相機逕行拍攝畫作，有些甚且毫不避諱地使用閃光燈，民眾觀展品質之差令人咋舌，我又暗忖，芙烈達・卡蘿的畫作還是莫受此種糟蹋較好。

來到第四展間，則是一九四〇年以降，在工業化、現代化背景下，所產生的抽象藝術型態作品。我以爲此階段畫作已漸與主流畫風無異，其中特殊的人文色彩逐漸消逝，某些作品正如抽象畫作一貫面臨的窘境，觀者往往不明其所以。

拉丁美洲或由於地理、氣候的差異，或由於長期受到殖民統治的特殊政治背景，遂造成種族、文化上的多元混合形貌。然而整體看來，大膽強烈的色彩、肥碩的造型、熱帶雨林的風情、簡潔流暢的線條以及魔幻的豐富想像性等，共同組構成藝術作品的特殊性。這些特點在繪畫方面固然斑斑可考，在舞蹈、文學作品中，也有不一而足的展現。也許在主流的畫風流派之外，這種另類的表現更具有特色，也彌足珍貴。

# 說韓國現代美術館的展覽

## ——關於女性，以及本土的藝術雜感

二〇〇八年四月六日恰逢週末，應邀與友人一家前往首爾大公園，原欲遊春賞櫻，無奈花苞尚未綻放。當日天氣晴朗，我們和孩子一起搭纜車、遊動物園、信步逛到水族館，清風徐來，雖無花可賞，倒也十分閒適。

然而，最教我驚喜的，是原來以展出當代藝術作品爲主的「韓國國立現代美術館」（National museum of contemporary art, Korea）也位於該處，因緣際會，我們且觀賞到一檔法國當代著名女性裝置藝術家的展覽，十分受到震撼。

先說展場概況。現代美術館是韓國唯一的國家級美術館，一九六九年成立於景福宮，一九八六年遷至首爾大公園內，戶外雕塑花園裡，有不少韓國藝術家作品。美術館的建築形式，則據說是由古代烽火台及城廓所得到的靈感，外牆並鋪設韓國本地所產花崗岩。至於館內，一進場便是三星集團所贊助的「核心塔」，這是韓國著名藝術家白南准

▲外牆材質為韓國本地花崗岩。

◀「韓國國立現代美術館」戶外雕塑花園裡的藝術家作品。

利用電視機堆疊出的大型影音作品，可惜我們當日到訪時，正好圍封起來進行維修，所以我無法見識到傳說中「電視牆」粲然蔚爲大觀的模樣。

當日主要的展覽有兩檔，一是安娜特・梅莎潔（Annette Messager, 1943-）裝置藝術展。展場的第一個系列，便是大片牆壁的裱框藝術，這些作品一律以柔軟的布料爲底，其上再嵌入意義不同的金屬或其他材質物件，布料的縐摺感與小物件互相形成衝突，又能表現出柔中帶剛的力度，十分迷人。此系列題爲「Story of dresses」，在觀賞初始便展開了一個教我目眩神迷的美好新世界。

其後的作品，分別得由牆上不同高度的方形孔洞向內裡窺視，在觀者進入不了的空間裡，有飄浮似魚的懸吊品、有散置地面的人像攝影。類似成品雖然在國內藝術家展覽裡亦曾見過，但安娜特・梅莎潔以女性的纖細與封閉的開放性，令人見識了空間魅力。

再舉步，我又爲下一個作品所震懾。展場上空忽爾見大量玩具布偶懸吊，仔細一看，在這些高度、型態各異的小狗、米老鼠等布偶身上，或者套上動物的軀體標本，或者套上已做成標本的鳥頭等等，因而令人在初視的童趣天眞之外，又無端平添恐怖與戰慄之感。更甚者，這些懸吊的布偶腳下，都黏貼了形狀、大小各異的鏡子，鏡面折射出其下正觀賞著作品的你、我、他，無怪乎作品名之爲〈Them are us,us are them〉，相當具有反省力。

我認爲在展場中，此組作品適足以概括安娜特．梅莎潔創作的主要素材與整體精神。安娜特．梅莎潔用得最多的道具，是長絨毛玩具和動物標本，例如她也常將布偶掛在尖樁上、包捆在絲襪裡，或者將死痲雀裹上外套等。這裡頭所展現的概念既天眞又陰森，有一種隱密的神祕與陰森之美，彷彿也傳達了創作者內在深沈的恐懼。安娜特．梅莎潔一方面相當女性化，另一方面也十分注意環保議題，展場另有一幅以「邊境」爲主題的作品，展示內容爲各種動物標本因不同的形式而死亡。這些關於自我、環保、天眞、殘酷之間的辯證與交鋒，其實已在〈Them are us,us are them〉這組具有反諷意味的作品裡展露無遺。

展場裡另有安娜特．梅莎潔其他精采作品，例如曾於二〇〇五年六月在威尼斯雙年展榮膺大獎的〈Casino〉，大片紅布緩緩翻騰起伏，暗示賭意翻湧時的邪惡與無盡破壞力。另一幅名爲〈Gloves-head〉的作品，則巧妙以不同顏色的手套和色筆，圖構成骷髏形，既新鮮富有創意，又展現其一貫童趣與恐怖並存的作品風格。

然而，或許因同爲女性，我對安娜特．梅莎潔作品裡透露的女性涵義，更爲敏感。例如在她以自己身體爲道具所攝就的諸多照片裡，常見局部的、被支解的人體器官。有一組作品以嘴、耳、手、眼、肚臍等爲主角，各部位圖繪著繁複精細的美麗紋彩，形成同系列組成，安娜特．梅莎潔將其名之爲〈My trophies〉：我的收藏品（或戰利品？）。

另有一組作品，遠觀但知是多幀小幅攝影排列而成，近看且細覽之，才會發現這些攝影作品，多爲女性局部而私密的部位組合，名之爲〈My vows〉（我的誓約），一種溫柔的諷刺、順服的反動。此外，在不同作品裡，還可見到安娜特・梅莎潔用非常柔軟的黑網、絲襪等材質，將布偶不同部位的斷肢纏繞、綑綁；或者讓懸掛著的布偶們，繞著圈圈不斷旋轉，而名之爲〈The ballad of the hanged ones〉（懸吊的情歌）。

這些作品裡所展現的自由與大膽，以及其中相反又相成的種種風格元素，使我初識安娜特・梅莎潔，便爲其所深深著迷，我認爲她的內在有相當豐富而深沈的詭祕魅力。也因此，其後觀覽現代美術館另一檔大展：「二〇〇七年收藏品展覽」時，我便相對顯得意興闌珊了。

這檔所展出者，多爲韓國現代美術館於二〇〇七年間新購的各式國內藝術家作品，有油畫、水彩、水墨、攝影等。其中最爲人所熟知者，是兩位此間已極富盛名的藝術家：李仲燮（1916-1956）和朴壽根（1914-1965）。朴壽根的作品尤其具有個人風格，有一幅名爲〈老人和孫子〉的畫，以灰白色系爲主，並用類似平面花崗岩的質感，呈現老人兩腿間坐著孫子的神情，二者以穩定的垂直姿態，形成畫面的平衡；老人後方又有四名男女，人物線條簡潔，展現了樸實、單調的庶民生活。此畫似乎可視爲朴壽根的代表作。

我信步觀覽，在有些展場裡，可以見到模仿梵谷、畢卡索的痕跡；有些作品居然依稀看得到與台灣本土畫家如劉其偉、陳澄波等雷同的影子。在所有展品裡，讓我較感興趣的，是系列關於韓國五〇至七〇年代戰爭傷痕，以及醫院、農村景象攝影作品。畫作方面，有幾幅如〈Modern history of Korea〉，以血腥般的紅色瀰漫全圖，由繪像裡可見韓國民族性底層的「恨」。再有如在麻質稻米袋上直接畫上蹲坐著的，無可如何、神情悲戚的農夫，整體表現亦還頗有力度。而在一幅名爲〈Foreign words〉的畫作裡，左下方農婦灰黯、迷惘而瘦小，另一名穿著紅裝、碧眼黃髮的摩登女郎，佔據大幅畫面，一方面形成有趣對比，另一方面也展露了韓國近代西化的痕跡。

我在展場裡邊踱著步，邊思考安娜特・梅莎潔所抱持的信念：「我認爲人類越個人化，就越能符合多樣性」。在這些韓國現代藝術家的作品裡，我所見所感亦是如此。如何表現出深沈的民族情感，以及個人化的獨特詮釋？這恐怕是較諸孜孜矻矻於模仿各種畫派及表現風格之餘，更應用心思索的課題吧！

# 傳統的大雜燴演出

## ——我看《Miso》

在首爾，了解韓國文化的途徑不少，有些表現方式是將民俗表演融合於遊樂活動中，例如韓國民俗村裡的農樂、跳板、走索等表演以及傳統婚禮展示等；有些則是藉由戲劇演出，將傳統技藝融合於其間，例如舉世聞名的「亂打」，以及近年後出轉精的「Jump」表演等。居停首爾其間，除了必看的亂打秀之外，我們也另外在較具地緣之便的貞洞劇場，觀賞了另一場文化演出。

會進入貞洞劇場純是因緣際會，某日傍晚遊逛過德壽宮、觀覽完畫展之後，在晚風輕拂下散步於宮牆環繞的小徑，正兀自陶醉於濃濃的懷舊情味之際，不意「貞洞劇場」已矗立在眼前。在入口處很幸運地看到中文節目單，一經詢問，表演又將在十五分鐘後開始，遂欣然赴售票處購票入場。

這場演出名為「Miso」（美笑），根據節目單上的劇情解說，乃是「通過一個女人的愛情將感受到的多種感情，以傳統舞蹈和農樂以及器樂表現出來，它擺脫了被認爲是很難懂的傳統藝術，從觀眾的角度以更加簡單、更有趣的方式編制而成。」節目分爲七小段，分別爲「純眞以及顫抖」（國樂管弦樂和四物遊戲）、「愛之情」（跳神舞）、「好奇心」（伽耶琴並唱）、「新的開始」（五鼓舞和綜合鼓）、「戀人」（愛情舞、清唱）、「開心和歡喜」（天仙舞——扇子舞）、「在所有人的祝福中」（輕鼓舞、小鼓舞……）等。

在節目演出過程中，經由劇場側邊韓、英、日、中文輪番上場的跑馬燈解說，所謂「被認爲是很難懂的傳統藝術」，確實讓人覺得可親甚多；然而一如節目單上的文字般，這些解說也往往令人啼笑皆非，舉例言之，劇情在一開始的「純眞以及顫抖」節段，字幕解說言明乃在表現 Miso 見著自己鍾情的男子後，那種「激揚飛蕩」的心情。至於在「戀人」節段，兩人終於快樂在一起之後，字幕的解說竟言：該段表演「將虛空的蝴蝶結與音樂互相結合」云云，令人一頭霧水。

除此之外，我認爲整齣表演的設計，在情節安排方面極爲薄弱，淪爲各種樂、舞牽強的前導解說。而演員的肢體表情則甚爲僵硬，例如飾演女主角美笑者，舉手投足都相當程式化，一回首、一顰眉，唯恐人不知其做戲；凝眸則呆若木雞，形同盲者。我且不知爲何其「激揚飛蕩」之心，必須以「跳神舞」方式呈現？緊隨其後出現的男主角，則拙劣地以一頓、一碎步，再一勾彈的方式，不倫不類地表現其自以爲英俊颯爽之姿。而表演扇子舞的女性演員，則個個貝齒微露、笑容僵硬，非常欠缺美感。可嘆我們買了前三排座位，不但沒有領受到値回票價的喜悅，反而覺得近距離觀賞簡直是種折磨，還是霧裡看花好。

在表演過程裡，尙有一些相當粗糙的表現，例如舞台後方的假山石佈景，製作品質形同學校園遊會表演。洞簫的演奏則顯得中氣不足，中途且居然出現破音。在傳統樂器的演奏及表演方面，諸如伽耶琴、農樂、潘索里演唱等等，固然是韓國傳統的文化遺產，然而我亦不明白原來琵琶、洞簫等，也被列為韓國國樂？「扇子舞」則爲韓國傳統舞蹈？中韓文化竟同源至於難分涇渭了！

韓國傳統的藝術表現裡，除了聲音、動作演出之外，由於色彩繁麗，整場表演其實也可視爲相當豐富的視覺饗宴，尤其在農樂、五鼓舞、扇子舞等表演進行時，那蹁躚翻飛的服裝以及五顏六色的敲擊樂器，眞是令人目不暇給。此外，一如「亂打」秀一般，此場經過編排設計的表演，在最後的雜技演出中，亦安排簡單的動作與台下觀眾進行互動。

然而整體看來，我覺得既作爲一項代表國家形象的傳統演出，無論在舞台設計、劇情安排以及技巧呈現上，實在都應該有更高的要求，以及更精緻的表現。也因此，貞洞劇場打著「傳統藝術舞台」名號，卻推出如是水準的表演，在期望既高的觀眾眼中看來，不啻是一種遺憾了。

▲韓國農樂表演。

▼韓國民俗村裡的「走索」演出。

# 天國在何方？

## ——我看《Crossing》（逃北者）

在我任教班級裡，曾有過兩名學生是所謂「逃北者」（意指由北朝鮮脫逃往南韓者）身分；韓國外國語大學校園裡，據悉約有六十至七十名此類學生，雖然南韓政府對於考上大學的逃北者，多給予學費及生活補助，然而由於課業無法跟上進度，在外大約有半數原爲逃北者身分的學生，目前已輟學出外工作。

因爲周遭存在著如此眞實的人物，因此，當我知悉由金泰均導演、以逃北者爲題材的電影《Crossing》，刻正於首爾上映時，雖然不諳韓語，但仍對電影充滿興趣，於是約了名略通韓語的朋友，便一起往龍山戲院觀賞了。

爲了免於在戲院裡遭逢「如墜五里霧中」的尷尬，看電影前倒是先作了番功課。《Crossing》由車仁表主演，劇情以車仁表所飾的勇秀一家爲主軸，講述在北韓咸鏡道某煤礦工作的勇秀，與妻子容花（徐英華飾）和十一歲的兒子俊伊（申明哲飾），原本過著貧窮卻和樂的家庭生活，然而，由於懷孕的妻子患了肺結核，勇秀不得不冒險越過邊境，前往中國打工以掙錢買藥。在避開員警逃跑的過程裡，無意間竟捲入一場策畫好的逃北行動，闖進了德國駐華大使館，從此與家人天各一方。勇秀不願接受庇護逃往南韓，一心只想買藥回北韓照顧妻子。然而在漫長的談判與等待中，妻子終於不敵病魔侵襲而逝，兒子亦因意圖逃往中國尋父未果，被送到收容所。

影片以雙線對照的方式，一方面描述勇秀在中國打工、逃躲警察的艱辛，以及憂心家人的心情；另一方面則呈現出俊伊在北韓照顧母親的情況，以及其後孤苦伶仃，尋父逃北未果、進收容所遭受種種不人道折磨的事實。父親離家之前，與俊伊在傾盆大雨裡快樂踢足球的場景，後來成爲兩人最深刻的回憶以及全片最突出的意象。勇秀打工所得，無分毫用之於己，他只想買藥回家見妻兒。在影片中，勇秀手裡抱著簇新的足球以及NIKE球鞋，一心想帶給愛踢足球，卻鞋破穿孔的俊伊；對照人在北韓，卻連破鞋都被更窮的孩子搶走的俊伊，以及雨中踢球的美好往事，遂形成絕大諷刺。

「雨」在影片裡且成爲滋潤乾枯心靈、追懷美好生活的象徵。俊伊失去母親後，孑然一身、衣衫襤褸，孤單走在北韓乾燥的土地上時，一陣大雨傾盆而下，小孩兒獨自躲到廢墟裡，在雨中仰首望天、百無聊賴裡伸手觸摸雨滴、孤獨起舞的景象，眞眞令人動容。片尾頓失妻兒的父親，臨上飛機前在驟至的大雨裡彷彿聽聞愛兒呼喚，遂失態返奔、惆悵徘徊的情景，其間有萬般複雜心緒，亦不言自明。

至於「聖經」則是影片裡另一關於天國的隱喻。走私被查獲而遭槍斃的好友，昔時贈與勇秀的聖經，他始終放在口袋。當初決定前往中國的行前之夜，輾轉不能成眠的勇秀，拿出聖經在門口就著微弱的月光艱難誦讀，悄悄起身的兒子遂發問了：「聽說人死了以後，就可以到達天國？」這一美好的想像後來屢經頓挫。當渴欲歸返北韓卻屢不可得的勇秀，接獲妻子已然病逝的消息時，他在酒意裡憤然擲出胸前的聖經，狂吼著「這世上根本不存在天堂」、「爲什麼耶穌只在南方？」如是的控訴多麼絕望而悲切！

影片裡令人鼻酸感動的片段，實在不勝枚舉，其中尤以小童星申明哲的演出，最爲自然誠摯。這個孩子驟失母親、踏上流浪之旅時，對於周遭窮孩子的掠奪只是默默承受，甚至讓出自己所得或應得的食糧，其善良的天性自然呈現。在終於與身在北韓的父親通上電話之際，經歷過飢餓、勞動等折磨，甚至眼見朋友被凌虐致死的俊伊，無一語提及自己的委屈與恐懼，只在手機裡向父親哭喊著：「對不起！爸爸，我沒有照顧好媽媽。」那父子隔海各自飲泣的一幕，令人爲之動容。而當他獨自橫越遼闊的沙漠，準備奔向父親懷抱之際，前方即使見不著去路，孩子仍能在漫漫無端的旅途裡，追逐著小蜥蜴自得其樂，這又展現出俊伊童稚的一面。

◀圖為汝矣島最大教會——全福音教會外的十字架。然而對於篤信基督教的韓國人而言，「逃北者」的天國在何方？

正因爲孩子的善良、純眞與貼心，因此當俊伊在遼闊的大漠裡，終因體力不支而躺下，滿天星斗環繞、迷濛恍惚的夢境裡，過往那些親人相聚、分離的畫面一幕幕呈現，更令觀眾在感動之餘備加心疼。我彷彿也與小俊伊一同躺在孤寒的沙漠裡，在靜靜的夜裡、席捲而來的沙塵暴中，一起經歷了那些往事的回憶與煎熬。

劇情終止於勇秀最後只盼到兒子屍體，心懷絕望踏上飛機的場景。之後，導演復在片尾以泛黃、慢動作的影像處理，呈現了一幕幕想像中的畫面：勇秀不曾因家貧而殺狗，讓營養失調的妻兒得食狗肉，小狗仍歡樂奔跑著，與父子奔逐於溪邊，健康的妻子則在旁微笑凝視；走私的好友及其善良的女兒，亦並未被槍斃、未因折磨致死，他們在旁同樣歡樂地聚會……這些直如天堂般的美好天倫之樂，在影片裡卻成爲永難達成的想望。天堂在何處？對於成長於共產體制下的北韓人而言，無論呼喊多少遍口號：「金日成是我們最偉大的領袖」，天堂永遠在遙遙無法抵達的遠方。

據說許多進戲院看過《Crossing》的逃北者一致的感受是：導演將逃北者所經歷的過程，拍攝得過於簡化了。然而電影畢竟不同於眞實人生，這些經過簡化的劇情，卻正是金泰均花費了四年時間，訪問一百多名逃北者，所審愼揀擇出的血淚畫面。導演以平實的手法運鏡、以節制的情感刻畫事實；至於在劇中飾演父親的車仁表則演技內斂，飾演兒子的申明哲表情亦相當眞純。在不渲染事實、不炫耀技巧、亦不賣弄情感的前提下，

《Crossing》遂能以其最樸實的本質，超越語言障礙直達人心，從而深深感動了不諳韓語的異鄉人。

# 此刻，認真來說韓國

▲假面舞。

# 她們如何在生活？
## ——我看韓國女性的社會地位

### 野蠻女友的在地實踐？

還記得在首爾外國語大學校上課首日，一大早走在校園裡，正前方便有裝扮入時的妙齡女性，身著迷你短裙、足蹬三吋高跟鞋，指間則叼著煙，一路怡然自得地呑雲吐霧著，渾然不顧旁人觀感。行至教學大樓建築內，我加快腳步想擺脫二手煙的「薰染」；眼見即將遲到，她把手上殘煙一撳，亦三步併作兩步從後方飛奔上樓。被推擠的我老大不高興，卻只能眼睜睜看著女子走進隔壁教室。一進自己的授課教室，滿屋子大清早頂著濃妝來上課的女學生，眞是令人嘆爲觀止，與台灣的大學生生態截然不同。初來乍到的老師剛剛做完自我介紹，一轉身，台下便有儀態萬千的女學生，相當自在地蹭掉高跟鞋，或雙腳交互摩挲、或乾脆盤腿坐起，這下子我更是瞠目結舌了，莫非一進異邦，便得見識「野蠻女友」式旁若無人的陣仗？

這是我入韓後對於當地女子的第一印象，似乎受到電影、電視劇的影響，韓國女性當前的地位已大幅提昇，她們不再是醃悶過冬、滿臉愁容逆來順受的土產「泡菜」，而是顧盼自得、有能力有魄力的新時代狠角色。我且讀到朝鮮日報在歲末以「今年韓劇太『毒』　刺激暴力橫行天下」為題，指出二〇〇七年韓國電視劇的劇情大抵都以「婚外情」和「婆媳矛盾」為主軸，「婆婆們個個臉掛寒霜，而媳婦們也磨刀霍霍伺機報復」，至於三角關係中的女性們面對問題的解決方式，則是對彼此拳腳相加。這些描述與報導，更大大加深了我對韓國女性剽悍程度的側目。

再一日我與友人共搭地鐵，又見身邊幾乎要把路人「閃瞎」的小情侶卿卿我我依偎著，男生一邊為女友梳理著秀髮，一邊肩上還掛著時髦的女用皮包，是心疼小女友不堪重荷，寧可犧牲男兒氣概的體貼表現。可嘆活了幾十年從不曾有任何一位男友幫忙拎過手提包的我，只能在一旁徒呼負負豔羨無比。此時久居韓邦，且已嫁為韓婦的女友，忽爾兜了我一頭冷水：「放心，這是結婚前。結婚後皮包、孩子、菜籃，一切自理。」一語驚醒夢中人，或許在光鮮亮麗的外表、盛氣凌人的舉止之外，猶有我觀察視域所不及的女性面相？

## 韓國女子的受教歷程

來此日久，與韓國女性談天、與高麗男子相處益多，也閱讀了些相關書籍與報導，愈發能感受到此間微妙的男女看待關係以及今昔之差異。儒教在韓國的具體影響，有一部分體現在「男尊女卑」的思考模式上，傳統的韓國女性一樣被教育必須遵守「三從四德」，順服卑下及忍受屈辱，是長遠以來女性血淚史的展現。尤其韓國女性在婚後，幾乎完全成爲夫族的僕役，「媳婦生活就像窩居在小狗屋」、「媳婦生活比辣椒還要辛辣」是諺語裡所反映的人媳辛酸，更典型的泣訴是：

圓橋雖難過，但也未像公公那樣難對付，
樹的葉雖綠，也沒有婆婆那樣難糾纏。
妯娌一個個好似輕薄鳥，
小姑子一個個好似啄木鳥，
小叔子們就像暴躁鳥，
丈夫則像懶惰鳥。[1]

此段歌謠相當具體而微地將女性在夫家孤立無援的情境，表達得生動而貼切。因此爲人媳婦務必「聾三年，啞三年」，對於各種壞臉色、怨詈罵視而不見、聽而不聞六年後，才可能繼續媳婦生活。

媳婦生活儘管難過，然而直至一九七〇年代，韓國社會雖已逐漸受到西方女性主義的洗禮，但大部分女性取得學歷的目的，仍是爲了藉此獲得較好的歸宿。時至今日，父母在培養下一代的觀念上已迭有改變，男孩女孩於受教機會方面趨於平等，壓力也約莫等同。現今的韓國孩子，自小學便開始接受「補習」的荼毒，其普遍度較台灣有過之而無不及。一名韓國女孩曾經告訴我，她從小學時代起，除了課業之外，鋼琴、美術、音樂、書法、跆拳……無一不補，每日中午學校放學後，她返家稍事休息，家庭教師便如時抵達，開始進行數個鐘點的教學。傍晚時間吃完晚餐，又獨自出門補習，直至凌晨十二時才返家，第二日按時上學。孩子們上補習班的原因，一是小學教師認爲補習班多會做課後指導，因此在學校時，課程講述便相對簡略；二是韓國孩子必須在補習班才交得到更多的朋友，從而建立良好人際關係，而韓國本就是個相當重視人脈鎖鍊的社會。

進入國、高中之後，韓國家庭的父母開始相當重視女兒的整體儀態，除了打招呼、飯桌禮儀等必然的教導之外，有朋友告訴我，父親曾訓練她頭頂著書本，練習「一字步」

的走法。她們也告訴我，母親會刻意將學校制服裁剪得相當合身，凸顯優美的體態猶在其次，最重要的目的，是在提醒女兒們「維持好身材」的重要性。走在路上，你會見到成群少女旁若無人地嘻笑而過，然而若是迎面而來一群同校的男生，那喧鬧聲頓時消失，大家忸怩作態，完全是羞澀小女人模樣。韓國女性自少女時代便開始活在他人目光中的悲哀，由此可見一斑。

年歲漸長，升學壓力益大，家長莫不希望培養子女進入「SKY」大學。所謂「SKY」，意指首爾、高麗、延世大學，三大名校各取其校名首個字母組成「SKY」一詞，兼而指涉「難如登天」之意。對於男孩女孩，家長的期望一樣深切，而女兒們也在課業上力求表現，以進入名校爲務。在學校裡學習時，必須重視師生倫理、人際關係、課業成績，畢業前則更需較男性積極求職。

## 韓國女性的謀職現場

現今韓國女性雖已逐漸具備自立意識，不再以走入家庭爲最終指標，然而現實社會卻未必願意對女性釋放善意的空間與機會。首先，韓國各大企業對於職員錄取的性別比率，絕對是男多於女，且女性薪資一般僅達男性同級員工的百分之四十。其次，公司面試時，學歷的高低與資歷的豐富與否之外，對於女性，主管更會在「容貌」上做考量。在以貌取人的社會氛圍下，無怪乎用心良苦的韓國父母們，會以「整容」作爲孩子們的畢業禮物，希望藉由科技創造美麗與機會，某些整容外科和皮膚科，甚且會爲考生推出「優惠價」項目，因爲外貌優勢成爲競爭力的事例，實在屢屢可見。

至於有幸爭取到工作，進入職場的韓國女性，是否便會獲得尊重與平等的對待呢？答案自然是否定的，女性一直在社會壓力下，被要求去做討好男性的事。因此，替男同事泡茶、端咖啡是女性的工作，即連已晉身至主管階層，亦毫無例外。更何況大部分女性獲得升遷的機會，可說是希望微渺，我的學生輩裡有長她數歲的學姐，憑著優秀的實力與外貌進入三星集團，但兩年來唯一的工作便是複印資料。大學畢業生淪爲影印小妹，豈不令人欷歔？

大部分公司不願意雇用女性的原因，在於女性很容易有家務的牽絆，必須定時下班。而韓國社會裡的工作文化，是以加班爲尚，並不鼓勵準時離開公司。除此之外，走出公司之後的喝酒應酬，絕對是情感交流的最佳催化劑。幾杯燒酒下肚，話匣子一打開，職場上的事更容易協調交流，而在這些場合裡，女性往往是無法參與的。

除此之外，婚後懷孕的女性，生產後若欲重返職場，尤其是難上加難。公司主管一方面認爲母親有育兒牽絆，另一方面亦對脫離職場有段時日的女性，產生一定程度的不信賴感。或許有人誤以為韓國女性在生兒育女之後，多能待在家裡專心育子，享受丈夫的「供養」，此是無上幸福，亦是社會與家庭的優待，焉知其中含藏了多少她們找不到工作的心酸？

## 韓國影劇內容的再思考

由此我們不妨思考一下，數年前風靡無數觀眾的韓劇《大長今》，究竟反映了什麼樣的社會現象？《大長今》裡的主人翁是女性，此名女性在劇中克服了身分與性別等社會偏見的壓制，從而展現出一種堅忍樂觀、不輕易放棄夢想的美好願景。這種平凡的魅力深深引發女性共鳴，也反映出韓國女性內心深處的渴望。據說為了感謝MBC戲劇對性別平等的貢獻，二〇〇四年十二月間，韓國的女性部長池銀姬還特別頒獎給MBC[2]。然而此種獲得頒獎的殊榮，是否恰巧從另一個側

▲韓國著名景點「首爾塔」上的愛心鎖，或許可視為虛幻愛情劇的投射。

面，反諷了韓國社會目前對於男女平等概念的缺乏？

韓國電視劇裡有太多灰姑娘式的傳奇，這些美好故事是否眞能在現實生活裡兌現？或許，韓國女性在重重無形的社會規約下，只能藉由收看不切實際的電視劇，在角色互換與錯位中緩解內在的壓抑、得到虛幻的解放，從而爲生活帶來美好希望。至於諸如《我的野蠻女友》之類的電影，與前述以「婚外情」和「婆媳矛盾」爲主軸的電視劇，則又從另一個層面反映了韓人渴望「男女平權」的極端形式。覺醒的韓國女性開始走向傳統形象的對立面，將人際關係推向了另一個衝突暴力的極端；而其最終發展，也可能造成家庭組織、社會結構的失衡。

電視劇畢竟不等同於現實人生，韓國自一九七〇年代至今，都不乏推動婦女解放運動的先驅；在尊卑差異仍然懸殊的韓國社會裡，也有絕對條件和需要，來進行對於女性議題的深入探討。然而，當我眼見校園裡的女學生們，一方面斤斤計較於學業分數，另一方面則頂著濃妝、穿著正式地來上課，我可以深深體會，在這個「凝視」女性目光如此奇特的社會裡，她們必須如何內外兼修，而猶得不到平等工作機會的悲哀。韓國女性在父權社會的壓抑下，對於種種差別待遇的忍受，究竟還必須承受多少時日？這是我無法不關切的。

然而我又不禁懷疑，韓國女性的思維，是否也太過受到社會眼光的催眠，從而一意迎合公眾期待而毫無自覺？她們酷愛整容、裝扮，以及種種矯揉做作的舉止，其實在某種層面上，也反映出女性內在的無知與虛僞。卑微的地位一方面是社會形塑的，另一方面則是懦弱的配合所造成。女性們如果亟欲掙脫不平等地位，那麼當前應該做的，其實是重新建立一種自我凝視的方式，而不是專力於整容、裝扮，戴著虛僞的面具，永遠活在男性的視野與觀點之下。這是我在對韓國女性寄予同情之餘，不得不提出的批判。

1 以上民謠部分資料，參見（韓）李御寧著、張乃麗譯《韓國人的心——這就是韓國》（濟南：山東人民出版社，2007.1），頁149。

2 關於《大長今》一劇的相關訪談與討論，可參閱《韓國，躍升中·以價值感動現代人心》（李雪莉、孫珮瑜撰稿，台北：天下雜誌，2005），頁190－205。

# 識得多少字？會說幾句話？

## ——韓國漢語教育現況觀察

二〇〇七年八月底，因緣際會之下，從未在我目前生活規畫中的講學生涯忽焉展開。我帶著惶惑的心情奔赴首爾的韓國外國語大學校，於「中國語科」裡擔任交換教授一年。初來乍到，對於首爾當地的生活習慣、人際溝通模式等，日日都有意想不到的驚奇，時或有瞠目結舌之嘆，凡此大約都需要假以時日，才能有更深的觀察與體會。由於目前講學生涯裡最頻繁面對的，便是教學問題，因此先就此地「漢語教育」的現況，略作介紹並抒感。

甫至韓國外大，我所拿到的課表，便是「初級漢語會話教學」、「中級漢語會話教學及寫作指導」、「漢語會話練習和指導」之類科目，與個人的文學專業並不相干，一方面固然是基於相關的研究領域，系內目前都已有韓籍老師正在授課；另一方面，如此的課程安排，也初步提示了語言教學在「中國語科」的重要性。此地通用的說法並非台灣教育界所稱的「華語」，而是大陸慣用的「漢語」稱呼，或是一般通用於其他亞洲國家的「中國語」，此種微妙的稱謂差異，對向來較少涉獵語言教學部門的我而言，立即呈顯了相當程度的「異國感」。

正式進入教學流程之後，種種雖然同文同語，卻屢見差異性的現象更是層出不窮，面對系內指定的教本、面對學生，我於備課及授課時，往往都充滿了哭笑不得的新鮮感。系內所使用的指定教材，乃本地教師仿北京語言習慣所編寫，當中所使用的辭彙、口語，以及發音等，在在讓我大開眼界。例如在以「找房」爲主題的會話情境裡，會出現「老大爺」的稱呼，並提及「上下水」的使用；在以「美容院」爲主題的會話情境裡，顧客會提出頭髮燙後要「焗油」，同時「後脖梗」僵硬要按摩等要求；在「飯店」裡，「保潔員」可以爲房客送洗髒衣物；而在「郵電局」裡，主角去「郵電局」爲的便是「郵」幾封信和幾張賀卡等等。口語如「咱倆誰跟誰啊」之類故示親密的對話，也讓身爲台灣教師的我教起來格外彆扭。至於在發音方面，諸如美「髮」師標注爲四聲、「儲」蓄標注爲三聲、活「期」標注爲一聲等，在在讓我於教學時每每誤觸地雷，遭到學生指正，我則回以台灣發音並非如此。

除此之外，漢語拼音及簡體字的使用，對我而言尤其不慣。聽說過去韓國大學中文科系裡是注音符號、漢語拼音並教；正體、簡體並用，然而現在學生只懂得漢語拼音和簡體字。第一堂課我於黑板上書寫正體字，學生隨即哀嚎聲四起，嫌筆畫繁複，最後我只能以「識正寫簡」為最低要求。對現今的韓國中文本科生而言，正體字的書寫簡直如同天書，筆畫繁複則更被批評為「沒完沒了」了。

當然，此地的大學生如同一般年輕孩子般，相當活潑可愛、有人情味，學習態度亦佳，然而在漢語會話方面，程度則顯得參差不齊。同時由於校方允許大陸學生以「漢語」作為第二外國語選修科目，如此一來，韓籍生與大陸學生時而同堂上課，二者的表達能力簡直天差地別。對於韓籍學生而言，漢語的「聲調」掌握以及「筆畫」順序是兩大罩門，由於韓語屬於拼音文字，筆畫簡單，亦無聲調差別，因此相對而言，漢語的筆畫便顯得繁複，學生書寫時往往如同塗鴉般，斷續隨意。至於聲調方面，鬧的笑話亦不少，我曾聽聞韓國學生可將「請問樓梯在哪裡？」念成「親吻裸體在哪裡？」其他如成語不當使用，口頭報告時希望老師和同學們「洗耳恭聽」等等，在在是語言差異所形成的「美麗」錯誤。

對我而言，來到異國生活一年是相當新鮮的體驗；在異邦講授會話相關課程，更是生命中另一次全新的衝擊，然而經過近一學期的授課之後，我對韓國所謂「華語」或「漢語」的教學狀況及社會需求等，不免生發一些激盪及思考。

## 學術取向抑或實用取向？

我所講授的課程雖都屬於中級會話，但大四學生回修人數頗多，學期初始，便有西裝筆挺的男士進入教室，交給我一紙韓文書寫的表格，當下身爲教師的我滿頭霧水，對方始說明他是修習此門課程的大四學生，然而現在已經找到正式工作了，所以持工作單位所發的證明來向我請假，並聲明全學期都將無法上課，只能參加期末考。

不能上課而欲取得學分畢業？這在台灣的教育體制裡應是不可思議之事，然而打聽之下，才知道校方容許此種權宜性作法。據說韓國社會裡謀職相當困難，因此學生在大學即將畢業前，便四處投遞履歷、參加面試，能力強者若順利得到工作機會，校方及教師自然應當樂觀其成。

此後一學期裡，陸續有學生不斷請假前往參與面試，數週後便持工作證明前來，從此不再現身於課堂。詢問這些中國語科的準畢業生們目前任職單位，或未來預定的出路爲何？則多半是在貿易部門、律師事務所等處任職，此與台灣中文系學生的出路又大相逕庭。

韓國對於中文的學習取向，與台灣究竟有何差異？原來在過去，韓國大學裡習稱的

「中文學科」，與台灣中文系所修習的內容差異性並不大，經史子集都是必修範疇。然而目前在首爾，除了成均館大學仍保留較多相關課程之外，大部分中文學科內部的體質多已產生變化，這些學科或稱爲「中國（文化）學科」、或稱爲「中國語科」、或稱爲「中文科」，雖然標榜各自偏重點不同，例如「中國（文化）學科」關注中國的文化、經濟、政治等；「中國語科」偏重語言訓練；「中文科」則仍以中國文學思想爲主，但實際上各校中文相關學科，多已呈現綜合性課程講授狀態。以我所在的韓國外大爲例，名之爲「外國語大學」裡的「中國語科」，自然以語言教學爲重，但諸如「中國經濟入門」、「中國文化的理解」、「中國文學史」等課程，也會穿插其間。

由中文相關學門的課程安排稍作觀察，便可發現，如何讓學生對於中國當今社會有所認識，並進而透過語言進行經濟、文化、政治各方面的溝通與交流，應該是目前大部分韓國大學裡中文學門的主要目標。中文學門體質的轉向，主要導因於國家政策的改變與社會的實際需求。就國家政策而言，過去韓國政府曾經廢止漢字，然而近年來由於中國經濟快速成長，以及各國傳統文化保護意識的概念逐漸增強，韓國人愈來愈意識到，東亞傳統、文化和知識是以漢字爲基礎形成的，只有了解其根源漢字，才能在此基礎上樹立韓國文化的主觀性。因此教育部開始規定，在初中和高中六年時間裡，學生應該掌握一千八百個漢字。另一方面，韓國不少企業也都會對應聘者提出「是否認識漢字」的

▲首爾仁寺洞巷弄裡，時見中文與韓文店招穿插其間。

問題，漢字考試經常出現在招聘考試中，包括三星、LG、SK等在內的眾多公司，都有相關測試，或給予擁有漢字能力考試資格證的應聘者加分。《朝鮮日報》並曾在一篇社論中表示：「在這樣的時代要求下，企業怎會聘用連『天、地』都不會寫的新職員呢？」

除了對漢字的重新認識與理解之外，由於在旅遊、投資方面，屬於漢字文化圈者日多，因此漢語的學習，也成爲促進經濟發展不可或缺的一項技能。整體而言，近些年中文學門師資的需求及內部走向，開始出現語言專業最爲熱門，文學專業則相對沒落的現象。在四年制大學裡，語言學相關專業的學生，有一半以上是英語和漢語專業的新生；而在語學的講授上，韓國教師則特別注重語法及修辭技巧，學生分析起來頭頭是道。

其實早在大學教育之前，韓國三千餘所高中裡，校方決定「第二外國語」修習項目時，漢語便和英語、日語同樣成爲熱門的選擇。尤有甚者，在這波「漢語學習熱」助長下，不少家長遂採取更加具有「前瞻性」的作法，也就是雇用高學歷的中國人保姆，一方面照顧孩子，另一方面，也能讓孩子從小於日常生活情境裡，自然地學習漢語。除此之外，報載更有不少小學生湧入華僑學校，爲的是不需要去中國早期留學，也能夠輕鬆學好漢語。這使得面臨華僑子弟大量流失，招生一度困難的華僑學校重新蓬勃發展。凡此都可見韓國社會裡爲謀職所做的種種準備，以及中文教學相對形成實用傾向的整體趨勢。

## 遊學大陸抑或體驗台灣？

韓國大學裡修習外國語專業的學生，多有於四年修業期間短暫休學，遊學國外的經歷，返國後，於國外所念的語言學課程亦可抵免部分學分。這些中國語科學生的遊學地點，自一九九二年中韓建交以來，多半集中於北京、哈爾濱及上海，現今由於北京等處韓國留學生日多，耳目所習染盡是韓語、韓國商家，因此部分學生漸有往其他地方移動的趨勢。然而整體而言，當被問及是否有興趣到台灣遊學時，我所得到的答案多半是否定的。至於原因何在？有學生言及遊學費用較中國大陸高出甚多；有學生則給出令人莞爾的答案：到中國大陸遊學，除了學習語言外還可以四處觀光；至於台灣島面積太小，逛一圈便玩完了！

除了這些個人考量之外，觀察目前大陸對於漢語教學的積極策略及作爲，便不難體會學生爲何多作遊學大陸的選擇。首先，韓國政府之所以重新推廣漢字，本是基於民間生活及公文往返等，確實仍普遍使用漢字，因此有認識及理解的必要。但大陸官方洞見此一契機，因勢利導，推出了「韓中共用漢字能力檢定」（HCK）考試，其目的明確表明是「爲了彌補韓國國內正在實行的漢字能力檢定（繁體字中心）的缺點」，「在韓國國內加強普及中國簡體字，擴大中國簡體字的影響」，「把漢字教育體系轉化爲適應國際化時代需求的韓中共用漢字（繁體字＋簡體字）教育體系」。在考試範圍方面，共用漢字三千五百字中，包含了簡體字一千二百七十七字。而參與此項考試獲得認證者，除了享有在中國語言研修的資格外，於某些大學就讀或企業面試時，還可以因此加分，這些都是相關的配套措施。

在「漢字能力檢定」考試之外，目前韓國各企業機構普遍認可的執照，尚有「漢語水平考試」（HSK），此項考試區分爲十一級，乃是由北京語言學院早發先聲，於一九八四年便成立「漢語水平考試設計小組」，開始進行試題研製；一九九一年起推向海外；一九九二年以後確認爲國家級考試，截至目前爲止，已有二十餘年的歷史。韓國人若欲前往中國留學或在本地就業，一般需要七級以上的認證。在謀職不易的韓國社會裡，這些國家級考試的認證，每取得一份便增加若干就業保障，因此現今專事「漢字檢定」、「漢語考試」的參考書、習題集與補習班比比皆是。考試通過後，實際漢語能力如何姑且不論，至少在目前的韓國社會裡，已普遍形成一股學習漢字、漢語的風氣。

除此之外，中國大陸目前還積極在海外設立普及漢語的教育機關，例如孔子學院（Confucius Institute），便是以推廣漢語、擴大文化宣傳、增強「軟力量」作爲提高國際影響力的策略。二○○四年十一月，第一所孔子學院在首爾江南區驛三洞開校，此後並已在美國、澳大利亞等二十餘個國家分別設立。另外，報載二○○八年六月，「漢語村」將進駐仁川經濟自由區，對於此項計畫，目前大陸多所大學及機關，也都表現出濃厚的興趣及參與意願。

整體而言，對於將漢語推向國際化的努力，大陸方面始終不遺餘力，由上舉數項措施，便可窺知在韓國本地漢語學習普遍傾向大陸的原因，坊間極多「對外漢語教學」教材，亦多屬大陸學者的著作。誠然，目前大陸廣泛發展對外漢語教學的結果，也造成師資過剩的問題。但以台灣方面而言，在認證考試的辦理方面，至二○○一年始開始進行測驗的研發，二○○五年始有「國家華語測驗推動工作委員會」的成立，二○○六年開始向海外推行華語文能力測驗（TOP）。除此之外，目前由台灣師範大學國文系及英語系共同研發的「全民中檢」，則預定在二○○九年開始，分年分級推行。爲區別於TOP，該項計畫以「開放國內外民眾自由報名」和「彌補現行國語文測驗只檢測讀、寫能力的缺點」為主要訴求，但上述兩個單位的工作內容及檢測意義，目前尚無法完全區隔。

基本上，台灣在華語的推動工作上起步甚慢，整體活力及成效亦落後大陸相當多。對於近些年韓國學生普遍前往大陸遊學的隱憂，我們固然已有所警覺，但因應之道卻微弱而無力。以二〇〇七年十一月底於首爾舉辦的「第一屆台灣教育展」為例，展覽以向海外招生為主要訴求，但展場裡所提供的台灣方面入學資訊、華語文能力測驗相關介紹等，卻都不夠充實。教育部配合此項海外招生活動，尚以「我學華語的日子」及「華語對我的影響」為題，舉辦華語演講比賽。然而關於演講比賽以及展覽諮詢等活動，事前的宣傳相當貧弱；活動期間，會場的人數亦寥寥可數。政府花費了大筆經費，提供演講者豐厚的獎品，然而由於宣導不足，完全無法達到預期的效果。

類此如華語能力檢測起步太晚，博覽會推動又力道不足的狀況，看在異鄉客眼中，備感憂心與傷感。當我向學生鼓吹來台學習華語之際，年輕學子眼眸中透露的，多是陌生及疑惑。該如何藉由教學熱忱，激發他們的興趣，鼓舞他們舉步邁向台灣，是現階段我唯一能盡力而為者。

# 醉到深處無怨尤

## ——說韓國的飲酒文化

韓國社會裡有「熱酒傷肝，冷酒傷肺，不喝傷人」的說法，可見喝酒儘管傷身，但是對於篤愛杯中物的韓國人來說，必須「戒酒」簡直是傷透人心的宣告。我的學生因身體不適去做了內視鏡檢查，在文章裡他寫道：「醫生看過內視鏡的報告後說我的胃炎更嚴重了，一定要戒酒、戒煙，並且按時吃藥，可是，我哪項都做不好，該怎麼辦才好呢？」閱之不免莞爾。

在過去，喝酒被視爲「風雅」之舉；而今天的韓國社會，則不論從家庭聚會到各種社交場合，無不以喝酒爲基本禮儀。台灣朋友久居此地者嘗言：「韓國人喝酒的理由很多：晴天要喝，雨天要喝；高興要喝，傷心要喝；開學要喝，放假要喝；足球賽贏了要喝，輸了更要喝。」玩笑話裡充滿了對於韓國社會的眞切觀察。的確，我在首爾居停近一年，外出時不論餐館裡或路邊攤，桌上必有燒酒瓶、座中必有醺醉者。至於在校園裡，學生狂歡時例皆飲酒；超商旁也時有大叔從店裡拎了兩瓶酒，便在正午的烈日裡，安坐遮陽傘下對飲起來。大約韓國人是連口渴了都要喝酒吧！

我曾在雪後的下午，見著醉酒路倒於人家店門前的老者，嚴寒天氣下雙頰紅通通，不知是酒精作用還是被凍得渾然未覺了。也曾在午後的地鐵裡，遇過滿身酒味的中年男子，對著候車乘客逐一搭訕。至於傍晚以至入夜後的車廂裡，更充斥了搖搖晃晃的醉漢，領帶族裝扮者應該是公司聚會，因爲韓國公司下班後常有所謂的「Hoishik」，亦即「會餐」，人在江湖，誠然是莫可奈何。然而，隨意T恤穿著，在座中醉得一路打盹者也所在多有，這些年輕孩子，總讓我想起學生言談間常常提及的飲醉搭過站、候車睡著趴倒他人懷中等糗事，這些幾乎都可視爲韓國人的「集體經驗」了。

## 名目繁多的酒文化

初入首爾酒肆，MENU攤開，洋酒、啤酒、雞尾酒等台灣常見品類之外，還有百歲酒、千年約定、菊花酒、安東燒酒、馬格利、東東酒等特殊「韓風」項目。然而，一般人最常喝的還是燒酒，吃韓式烤肉時搭配尤其對味。

燒酒爲較廉價的化學酒，據說產生於一九六〇年代糧食短缺之際，當時韓國政府規

定不能用米、麥等食材釀酒，因此以較便宜的澱粉類食物，如馬鈴薯、番薯等製作的「燒酒」乃應運而生。對韓國人而言，燒酒可說是喝得最習慣，並且最爲物美價廉的選擇。至於品牌忠誠度方面，據說在首爾，老一輩人習慣取「眞露」（참이슬），年輕人則偏好「初飲初醉」（처음 처럼，原意爲「第一次的感覺」），大約由於名稱取得好，洋溢著青春浪漫氣息吧！自從聽聞此種區別之後，不服老如我輩者，每逢飲酒場合，說什麼也要點個「初飲初醉」來僞青春一番。

此外，韓國社會裡還有一種說法，就是下雨天時，應該「回家吃海鮮煎餅」；至於海鮮餅的最佳搭配便是「東東酒」（동동주）。東東酒本爲京畿地區的民俗酒，現在普遍存在於首爾的傳統酒館裡，其酒色渾濁，呈現乳白色，味則如台灣的原住民小米酒。東東酒一般用小甕盛裝，並以大瓢盛入瓷碗內，所謂「大碗喝酒」者大約如此，再佐以煎餅、海鮮、生蠔等下酒菜，喝來甘甜順口。雨季時，在裝潢古雅而充滿懷舊風味的小酒館裡，與朋友對飲東東酒，彷如置身於「綠蟻新醅酒，紅泥小火爐」的情境，竟渾不知今夕何夕了。

至於大學生之間的飲酒文化，則似乎盛行喝「炸彈酒」。通常在新生初入學的三、四月，會舉辦所謂「MT」（membership training）活動，此類活動通常是到山明水秀之處聚飲，並留宿一夜，此中「不醉不歸」之意，實甚爲顯豁。每當MT之夜，學長們爲使新生心情放鬆，通常會頻頻勸酒。而勸酒文化裡尤其盛行以大杯盛啤酒、小杯盛燒酒，而後將小杯置入大杯中一飲而盡，是之謂「炸彈酒」。由於韓國學校裡的學長制規矩嚴明，因此若學長準備了炸彈酒，學弟非飲不可；而炸彈酒為混酒，飲後則更易酒醉。我曾在一次MT場合裡，親見滴酒不沾的新生，連連被微醺的學長敬了三杯炸彈酒，痛苦至極到一旁嘔吐的情景。幾年前據說韓國大學裡，也曾發生新生飲酒過量致死的案例。

若要免除此種活受罪的窘態，飲酒現場便必須有「憐香惜玉」或「拔刀相助」之輩，通常，在女孩被敬酒、罰酒時，代其乾杯的男性被稱為「黑騎士」（흑기사）；反之，在酒席上代替男性喝酒的女性則被稱為「黑玫瑰」（흑장미），儘管黑玫瑰為數並不多，然而此類稱呼實在別具浪漫情調。

▲東東酒。韓人雨天最愛搭配海鮮煎餅的飲品。

## 規範嚴謹的酒禮儀

說到飲酒時的禮儀，韓國社會最是規矩嚴明。初來乍到之際，我並未做好此方面的功課，第一回應朋友之邀往識韓國友人，飲食談笑間，便結結實實被「教育」了一番。由於在場均屬同齡之輩，言笑讌讌之際，我順勢自左手舉起酒瓶，打算爲杯中無物的朋友斟酒，來此日久的台灣友人即刻糾正：「倒酒時要用雙手；若單手倒酒必須用右手，左手扶住酒瓶或右手手腕。妳這樣眞不禮貌！」教人好生尷尬。

其後我慢慢知曉，韓邦飲酒習慣與我們多所不同，例如斟酒時必須爲長輩或其他同伴效勞，卻不可爲自己倒酒，自己斟酒被視爲自大、貪婪的行爲，年輕人之間更流傳著爲自己倒酒，會「三年交不到男女朋友」的說法；至於長輩爲自己斟酒，則是倒楣、可憐的象徵。此外，不同於我們爲表殷勤，頻頻爲對方添酒的習慣，在韓邦斟酒，必須待對方飲盡之後才倒，否則形同祭祀先祖，相當不祥。然而若杯底已罄甚久，而對方尚未察覺，該如何是好呢？我的一位韓國友人喜歡頻頻問座中人：「你很忙嗎？」若對方仍未會意，乾脆傳簡訊以資提醒。

可想而知，韓國人基於禮貌，一定得不停地爲對方斟酒，並且回敬，如此往往導致座席未熱便醉態橫生。我到後來才知曉，如果眞是不勝酒量，想「到此爲止」了，可以將自己的杯子倒扣在桌面，作爲一種表態。然而近一年的飲酒經驗裡，我卻從未見任何人將酒杯倒轉擺在桌面上。

除了斟酒的社交禮儀之外，敬酒時也不容隨興。首先，舉杯敬酒時不宜太高，應該用杯沿輕碰對方杯身，豪邁如我者每每高舉過肩，想來自是失禮無數。此外，韓國人說「首杯不推辭」，即使不擅飲或尚未進食者，首杯亦應舉起輕觸唇邊，以示敬意。而讓我不解的，則是見到韓國的學生們向老師敬酒時，男男女女例皆左斜側身，用軀體及手臂掩住自己飲酒的模樣。外人看來但覺惺惺作態，但據說若不這樣做，常會被視爲目無尊長。

最讓我不習慣的，則是韓國人視爲親密無間的「換杯」行爲。若想向對方表達「最大誠意」，韓人會將自己的杯中物一飲而盡，然後以桌上的開水略事洗滌，再用自己的酒杯斟酒，向對方敬酒。此際，對飲者必須接過酒杯，稍稍沾唇或一飲而盡，未能乾杯者也應儘速喝完，同時將酒杯斟滿，交還對方。我曾在一次酒席中被換杯四次，頓感苦不堪言，卻又必須強做無事，杯杯飲盡。這種「不分彼此」的親密情誼，簡直是「口水的交換」，令我輩難以消受。

## 無「五」不成禮的聚餐習慣

在首爾居處日久，還會發現韓國人聚餐速度極快，他們沒有細嚼慢嚥、邊吃飯邊聊天的習慣，餐後也較少甜品或飲料供應，所謂「吃飯」，就純粹是吃完飯快閃。原因無他，因爲在韓人的聚餐習慣裡，甚少「一次性」的完成，頻繁更換場地是家常便飯，此在韓人稱之爲一「擦」（차，「次數」之意）、二「擦」……最完整者可達五「擦」之多。

有一回韓國友人約好聚餐，我因課後趕到延遲甚久，大夥兒都已食用完畢。甫入座，便有人爲我點餐，眾人且盤坐靜候我食用餐點，於座中卻不飲酒、亦無飲料，更少交談，令我深感過意不去。待我將餐點食用完畢，大家便迅速起身離開，轉往第二輪聚會場地。後來學生告訴我，韓國人聚會時，通常會相當關心地詢問對方是否已用過晚餐，這並非出於禮貌的客套問候，而是眞的擔心，因爲在肚子已飽的狀況下，才算是做好喝酒的充分準備。因此在眾人聚會的場合裡，即使僅有一人尚未進食，也會一起等待某人用餐完畢。

通常「第一輪」的聚餐，大家都會眞誠地進行、和睦地喝酒，然後轉往酒吧開始

「第二輪」的拼酒。此際多半人是存心喝醉的，因爲韓國人相信，在喝醉酒的情況下，才能進行最交心的談話。因此第二輪結束後，我的朋友們或是開始醉言醉語，說些「有任何事找我，我幫妳搞定」的大話；或是行路東倒西歪，還要強拉著人去喝咖啡。

在「如此下去，場面將難以控制或無以爲繼」的情況下，稍微清醒的人便會將眾醉漢帶到「練歌房」去唱歌，爲的是邊飆歌、邊醒酒，此之謂「第三輪」。持續一、兩個鐘頭的練歌時間裡，眾人其樂融融，但就在即將圓滿結束之際，醉漢們的酒也醒得差不多了。此際，在美好的氣氛下道別委實可惜，因此聚會又進入「第四輪」的喝酒時間。

夜闌人未靜，奈何此際眾人的荷包經過一晚上的折騰，大約都乾癟不少，爲了大家的經濟著想，第四輪通常會去路邊攤或小酒館裡，點兩樣便宜的下酒菜配酒。學生打趣道，通常到第四輪還狂啖下酒菜的不識相之輩，是會被眾人唾棄並且嚴詞譴責的。

第四輪結束時，通常已到凌晨時分，此際朝陽初昇，眾人乃欣欣然相偕去喝個「解腸酒」。「解腸酒」的醒酒實效如何？不得而知，但據酒徒們表示，喝後但覺腸胃舒暢、神智清醒，在如此心滿意足的狀態下，有班者去上班、有課者則蹺課返家睡覺去，是爲一次圓滿聚餐的完成。

長此以往，無怪乎我的學生們時有胃疾。至於外人如我者，幾次與此種特殊的飲酒文化短兵相接，亦是窮於招架。初時還能用酒杯沾唇、略表敬意的方式矇混過關，有一回在重感冒的狀態下，盛情難卻地赴友人之約，座中有人誠懇地表示，韓國人治感冒的偏方，是在燒酒裡加上辣椒粉，連喝三杯一定奏效。我在半信半疑的狀況下如法炮製。其後遲到的其他友人們紛至沓來，爲表歉意，又頻頻「換杯」，於是首輪初結束，我便體力不支，雇車返回住處。據說當夜其他人亦是醉態可掬，後來都是「代理司機」前來開車送其返家。

所謂「代理司機」，亦是韓國特殊飲酒文化的一環。爲求上下班方便，韓人大多是有車一族，然而公司聚餐喝酒的機會頻仍，酒後駕駛又極危險，因此喝過酒後，或是將車閒置，搭乘大眾交通工具返家；或是委請代理駕駛，將自己和車子一併「送」回家，以確保安全。

## 一醉解千愁？

飲酒狂熱至此、因應之方又發展至此，我不免狐疑，如此的喝酒方式，到底有何樂趣可言？

問題或許在於，韓國人大都承受了極大的就業壓力、工作壓力和人際壓力，因此大學生和上班族三天兩頭聚會喝酒，不醉不休。根據調查顯示，四成左右的上班族，每個月喝酒的次數達到十次以上。至於大學生方面，二〇〇七年七月的調查資料也顯示，經常飲酒者占百分之四十五，一週內飲酒四次以上者則有百分之十八。無論男女老少，果然都相當流行聚餐飲酒。

喝酒狂歡也造成韓國經濟上的極大消耗，尤其近年來女性和年輕飲酒者的數量，更是大幅增加。由於意識到飲酒造成的社會問題愈來愈嚴重，韓國保健福利部曾經提倡「大學生節酒運動」，並透過三大電視台，播出有關節酒的公益廣告，但其實收效甚微。

每到入夜，大街小巷高唱不醉不歸者還是爲數甚多，在如此「緊繃」的傳統與環境裡生存，似乎唯有暴飲買醉，才能暫時放鬆、流露眞情。對於韓國社會所發展出的飲酒文化，我雖能理解與同情，但作爲一名異國女性，我還是認爲與好友相約咖啡廳，閒閒品嘗飲料、互訴心事，亦是解壓良方。對於酒館裡喧嘩的氣氛與興起時的胡言亂語，我究竟還是「敬謝不敏」。

# 異鄉客的凝視

## ——我看韓人生活習慣與性格

居停首爾近一年，與韓人之間的關係可謂「偶然與你相遇」，然而在這短暫的交會裡，倒也迸發出不少或是愕然疑惑、或是溫馨感動的火花。有一回行走在小劇場、咖啡廳林立的大學路上，一家店招名爲「恨」的餐廳，赫然矗立眼前，我但覺驚訝難置。在台灣客的想法裡，大約甚少有人會如此大剌剌地將「恨」的情緒行諸於外吧？然而時日既久，我才逐漸了解所謂的「恨」，在韓人的理解裡別具涵義，並非我們所習慣的字面意義。

同理，由於文化養成的差異性，在韓人社會裡生活的異鄉客，必然會有形形色色難以言宣的複雜感受。《朝鮮日報》不時便會對在韓的外國人進行觀感調查，例如二〇〇三年，號稱以「外交使節、教授、媒體特派記者、企業駐韓人員等有影響力的輿論界人士」爲詢問對象，所得到的評價結果，是外國人認爲韓國的優點依序爲「親切、熱情、熱心、安全、公共交通方便和女人漂亮」；不足點則依序爲「封閉、嚴重歧視外國人、交通堵塞、空氣污染、不講禮貌和很難用外語溝通」等。時至二〇〇八年初，《朝鮮日報》復有一系列名爲「韓國讓外國人四處爲難」的系列報導，主題分別有「獲得自己ID比登天還難」、「不尊重隱私生活和空間」、「與外國人溝通渠道欠缺」等。文中諸多訪查意見，讀來果真令身在首爾的我心有戚戚焉。於此，我亦嘗試就年來生活的感觸，試著描述一名台灣異鄉客眼中的韓人形象。

## 「親切而封閉」的矛盾表現

在首爾生活，首先遭遇到的最大困擾便是「食」和「行」方面的問題。韓國號稱已全面走向國際化，然而初至首爾，入眼但見商家店招全係韓文，入耳滿街盡是異國言語；餐廳入座，菜單亦都大字不識，令人備感無力。若是用英語溝通，則會發現韓人避之唯恐不及，我曾嘗試過，若用簡單的韓語

▲大學路上以「恨」為名的餐廳。

再輔以指手畫腳表意，路人會相當親切地指引你行路，甚至熱情地將你帶到目的地；但若用英語問路，行人不是匆忙走避便是隨手胡指，常常弄得我白走不少冤枉路、白搭不少趟反向班車，但覺好氣復好笑。

至於到公務機關或私人企業辦事亦然，若是不帶上一名懂韓語的同伴隨行，即連最簡單的寄信、看病等小事，都無法順利完成。此外，常常令外國人抱怨的一點是，韓國人自身有非常強的凝聚力，但對於外國人卻表現出「不信任」的排斥態度，例如手機以外國人身分申辦便相對麻煩，無法享有車票、電影票的線上訂購服務等。難怪一名亞洲中年男性發出的慨嘆是：雖然韓國社會「令人嚮往，但很難成爲其中一員。」

除此之外，我還深深見識到韓國人行事的「急躁」風格，例如搭乘友人便車時，車行速度稍慢，後方隨車喇叭便撳個沒完沒了；紅燈止處或行將轉彎，亦有人從後面猛按喇叭。至於走在地鐵裡、馬路上，大叔們常常順手一撥，便從你後方橫行通過；大嬸們則習慣用手中的陽傘，從後頭輕觸腰脊，催你快快行路。此類急躁作風屢見不鮮，如此看來，韓國人辦事效率應當頗高，然而遺憾的是，在公務方面，韓人似乎都比較積極於催促他人，而非自我要求。

由此亦可稍稍探討所謂「同理心」問題。韓人待客的熱情自然無庸置疑，例如在飲食習慣方面，同桌共飲熱湯、飲酒習於換杯，都是「相濡以沫」、不分彼此的親暱表現，但看在外國人眼中，便會覺得唾液接觸相當不衛生。換言之，韓人的熱情表現偶會流於「以己度人」，例如請客點餐時，他們通常不太詢問客人的意見，因爲認爲自己所點的絕對是道地美食。再如用餐時，我曾在餐館裡要求食物不要加辣，商家點頭示意理解，但送上的餐點仍然微辣。此間有朋友告知我，韓國人認爲食物一定要加點辣才會好吃。對於如是熱情的自作主張，我但覺匪夷所思。

除此之外，韓國人的行事風格，一般而言都是照章辦理、毫無彈性。往好處想，這是整體社會相當守規矩的表現，然而此種態度，有時卻也暴露出「靈活度」不足的弊病。中國人所崇尚的「人情味」，在首爾似乎相當少見，例如我曾往郵局寄送包裹，正慶幸著重量分毫不差的當兒，辦事人員卻要求我再卸下一二物件。陪同前往的學生解釋，承辦人員的說法是，包裹封上膠帶後重量將會增加。我不服氣，答以「不會增加太多吧？」未料郵局人員的答覆竟是：「多一公克都不行！」其行事之一板一眼，看在外國人眼中眞眞令人氣結。

至於重外表、好面子、自尊心強，則更是一般對韓人普遍的印象。根據某項針對國情差異所做的調查結果顯示，在韓的外國人對於宴客地點，一般會選擇邀請客人到家中招待；至於韓國人，則以在高級餐廳招待貴賓爲尚，大約認爲這才是「有面子」、「重禮數」的表現。至於報端所揭櫫的韓人年度置裝費用，數字也相當令人咋舌。友人曾經開玩笑表示，韓國人就算在家裡喝清湯、吃泡麵，也一定要省下錢添購名牌服飾。就我的觀察而言，韓人普遍較重視服儀表現，女性出門必上妝容，男性則西服不離身；即連登山活動時遇見的大嬸們，也全都是名牌運動服、諸般裝備無一不全，簡直粲然蔚爲大觀。

在首爾教書，我還發現戲謔式的玩笑或挖苦，會令韓國學生相當不安，若是好意指出報告內容的不妥與待改進之處，他們亦會當眾面紅耳赤，顯得異常難堪。相較於台灣學生，韓國學生的幽默感似乎少了一些，自尊心則強烈甚多，或許因爲如此，他們在學業及事業方面也更加盡力，充滿了「拼命三郎」的精神。

## 以「恨」爲底調的民族性格

正由於大家都恪守崗位、力求表現，因而韓國社會可謂整體充滿了旺盛的競爭力；然而生活在這樣的環境裡，有時不免也令人覺得氣悶甚且很有壓力。除了社會競爭力太強之外，韓人在親切熱情的外表下，其實還隱藏了更多難以言宣的苦衷。這些壓力誠然來自於現實生活，然而深層言之，韓人民族性裡還有相當微妙的感情因素，即前文名之爲「恨」的情結。

▲高麗大學校園內趙芝薰描述「僧舞」的詩碑。

我曾詢問過韓國友人，「恨」既然並非指稱一般所認爲咬牙切齒的「恨意」，那麼「恨」到底是什麼？友人的回答是：此種情感太複雜，很難一語概括。韓國人內在的「恨」，通常不是針對他人，而是內化爲一種自我埋怨的宿命與生不逢時的感嘆。那麼，這樣的「恨」可謂之爲「怨」或「憾」嗎？彷彿亦並不盡然。

「恨」的情感若是長期積累，鬱積於心，便會造成韓人所謂的「火病」；若是加以適當的昇華，則會成爲優秀的藝術表現。要體會何謂韓國人的「恨」，據說從「潘索里」（Pansori）和「僧舞」兩種表演形式裡最可得見。

「僧舞」是反映僧侶生活的舞蹈，內容主在刻畫與世隔絕的深山古刹裡，僧人的孤寂與煩悶，以及渴望過人間生活的願望。表演者身著藍裙、白衫、紅袈裟，頭戴三角笠，舞者將鼓棒藏在衣袖裡，表演進行中從長袖裡拿起鼓槌來打鼓。而將白綢條揮往空中，則是僧舞的主要動作之一，那柔軟的綢條翻飛，猶如白雲飄浮，象徵了僧侶嚮往自由，希望插翅升天，以擺脫苦惱、尋找歡樂的心願。這種苦悶與複雜的心情，略可名之爲「恨」。

至於「潘索里」則是韓國傳統的一種說唱藝術，或名之爲「朝鮮清唱」。其形式相當簡單，即一人敲鼓、一人歌唱，歌唱的內容則故事性極強，多爲古典悲劇故事，如〈春香歌〉、〈沈清歌〉、〈興夫歌〉等，因此潘索里也可以看成是韓國的傳統歌劇。初聽潘索里，我但覺單調平板，甚少文飾，但歌者唱腔裡卻蘊藏了頗爲幽微的情愫，時而慷慨激昂，時而淒涼無端，分明也隱含了無盡「恨」意。

韓國導演林權澤，曾以「潘索里」爲主題，拍攝過不少電影，其中以《西便制》（Sopyonje）最具代表性。《西便制》完成於一九九三年，是導演改編自李清俊小說的電影。片名「西便制」所指稱者，乃潘索里演唱類型之一。朝鮮時期，潘索里曾經形成多種唱腔，各家唱法不一，其中「東便制」的節奏明快有力，聲音雄厚高亢；「西便制」則以緩慢多變的唱腔以及悲惘情緒著稱。

電影的內核其實圍繞著傳承展開，主要描述養父如何磨練下一代松華及東戶的技藝。兒時的東戶與寡居的母親相依爲命，一日村裡來了潘索里的演唱藝人俞本，歌聲打動東戶母親，兩人很快墜入愛河，爲了避免村人的閒言閒語，俞本帶著東戶母子和養女松華展開流浪生涯。不久，東戶母親難產而死，俞本開始教導松華和東戶演唱「潘索里」和擊鼓。此際傳統清唱受到外來文化的衝擊，欣賞潘索里的人已愈來愈少。心灰意冷的東戶離家出走，松華很傷心，也無心再演唱「潘索里」。父親無計可施，竟讓松華喝下盲藥，以爲這樣可以使松華更潛心於鑽研技藝。俞本死後，留下松華獨自練習高難度的〈獄中歌〉。東戶後來找到了松華的住處，以激昂的鼓點伴奏，全盲的松華乃如泣如訴地唱起了〈獄中歌〉。

關於《西便制》，我是在不辨韓語的狀況下觀賞，然而即使不解其語言，電影畫面之唯美及潘索里唱腔之曲折，仍然相當令人動容。在穿村走里討生活，飄盪無所著落的流離時光裡，「潘索里」藝者的人生本就帶著宿命的悲劇性，因此演唱起淒愴的故事情節，更能夠以歌照映人生，表現愈加悲涼。電影裡父女三人在曠野裡且流浪且吟唱，那種苦中作樂的內斂與壓抑，展演得相當成熟。「潘索里」歌聲裡撕裂式的淒厲吶喊，於父親是技藝式微、世道多艱的「恨」；於女兒則是身世傷懷、情感深藏的「恨」。終曲松華與東戶合奏的潘索里，時而幽婉傷怨，時而慷慨泣訴，千迴百轉中，確實相當有力道地展現了「恨」的複雜內涵，所謂「哀而不傷、怨而不怒」，或許稍可詮釋此種「恨」的內在層次。

## 壓抑情感的當代表現

這種壓抑的情懷，在韓國現代文學裡也屢見不鮮。無論是嚴肅小說抑或通俗作品，都常有刻畫「婚外情」的題材。以嚴肅小說而言，我曾讀到申京淑（1963-）作品〈風琴聲起的地方〉，以第一人稱書信體形式，描繪未婚女子與有夫之婦相約私奔前夕，由於自我道德約束及壓力，終於決定改變心意的痛苦與艱難。朱耀燮（1902-1972）亦有短篇小說〈廂房叔叔和媽媽〉，以六歲小女孩口吻，側面刻畫年輕寡居的母親，為了免於日後女兒被嘲笑看輕的窘境，遂割捨了一段即將萌發的愛情。兩位作家都藉由瑣事的刻畫及細膩的筆觸，將女主角內在的壓抑、徬徨與自苦自怨，表達得淋漓盡致。

即連被目為通俗小說的《約定》（金俊植著），亦將女主角韓幼靜與男主角鄭林，設定為「好像活得都很累，眉宇間隱隱透露出來那種被束縛的疲憊」之人。在為他人而放棄夢想的疲憊人生裡，已婚的兩人一見如故，彼此視為靈魂之伴侶。但最終，他們仍選擇將信物深埋於地底，相約二十年後再見。作者所倡導的，是一種「壓抑著的深沉的愛情」，即使帶來痛苦，但痛苦必可獲得昇華，成就一種超越界限的更高情感。這就是韓國人對於壓抑情感的執著與禮讚——壓抑正是為了成全更崇高的理想。

「悲」、「恨」與壓抑的主調，爲什麼一直存在於韓人的民族性裡？有人指出，這是由於韓國歷史基本上便是一頁被列強環伺、侵略的悲淒史頁；亦有學者表示，朝鮮半島的南北分裂，造成成千上萬的家庭破裂，這種直接的心靈創傷，亦使韓國人始終帶有很強的悲劇情結。

由於不斷被侵略、被分割，由此激發出的韓人性格乃愈加強悍，民族情感遂愈加強烈。韓人普遍「愛用國貨」，部分原因當然由於政府有相關政策的制定，然而一般韓人也頗有此自覺。我在首爾，常常見著水果箱子、稻米袋上印著「身土不二」四字，朋友告訴我，此四字意謂著：我們的身體和自己的土地是分不開的，所以，應該食用的正是自己土地上所種植出的果稻。即連形而下的飲食層面，都必須如此強調民族意識，韓國人的自我認同與定位，可謂相當強烈。

如果由這些層面觀察，對於韓人的性格及作爲，或許我們比較能夠產生同情的理解。爲什麼在討論獨島等歷史問題上，韓人會如此強烈主張自己國家的立場？一個民族在長久的血淚飄零史，以及種種積「恨」的隱抑之後，是如何急切地希望在今日樹立自我意識與國家定位，其用心其實不難理解。

今日的韓國對待異國人士，當然基本上都是善意的。作爲一名異鄉客，若有心理或實際生活上的不適感受，主要原因或仍是文化差異的問題。其實，韓國的年輕一代，已漸少前述所謂「恨」、「悲」的情緒感知；對於儒教文化的薰染，也逐漸在消失當中。不過整體看來，重視禮儀、尊師重道、強調家庭倫理等傳統質素，在韓國社會裡還是體現得頗爲深刻，這點倒是難能可貴之處了。

後記

# 歲月開落一如木槿

無窮花，學名木槿，是韓國的國花。那年九月，鴻金大哥在德壽宮前指點花間，閒閒提起。而我望著秋陽裡那略顯嬌弱的花瓣，午後暖適的日光似乎無法讓木槿煥發光彩，在風裡它微弱地搖曳，不勝承擔。我想像著未來一年艱難的生活，也只感受得到花朵朝開暮落的蒼涼。然而鴻金大哥說了，無窮花一日一新，從初夏至暮秋，開之無窮無盡，它生性既耐乾旱、復耐潮濕，強健的生命力彷若韓人固有的民族性般，難以摧折。我在心裡默默告訴自己，從熟悉的母土暫時離開，再不能夠諸事依賴他人了，我必須學習木槿，強韌獨立地生存。要成爲非常容易栽培和繁殖的植物。

首爾一年，度送了歷歷分明的四季，也同時體會人事歷歷，如今，它們全都被記錄在這本微薄的小書裡。

隨著日子消逝，關於異鄉的記憶或將逐漸淡去，然而那些溫暖的人情，即使在日復一日的忙碌中，仍會讓我在子夜思量時感激莫名。初由首爾回返，我且會強烈領會到一年異地體驗裡，某些生活習性的慢慢滲透。走在烏煙瘴氣的街道，我會驀地懷想首爾秋日天高氣爽的晴空；坐在午後的研究室，我思及韓國外國語大學校裡，無數個假日時人聲清寂的校園；懶看電視偶見韓劇播映，過去必然跳過頻道的我，會一邊忍受著拖沓劇情，一邊享受某種親切的熟悉感。我且在一回行走於台北鬧市間，竟錯覺自己置身於梨花女子大學周遭的服飾店裡。種種神遊，總教人有他鄉、故鄉錯置的恍惚。

度過了那些歲月，我彷佛愈來愈能忍受孤獨了（在那樣趨近於失語的環境裡都能生活，還有什麼狀況不能忍受？）；我好像愈站愈邊緣、也愈看愈冷澈了（因而對於某些厭惡的人際場合，能坦然以疏離排解）。我一邊慶幸自己，終於脫離了那樣岑寂冷清的時日，一邊卻也提醒著自己，千萬別忘了當時那種孤獨裡盈溢的無所爲與充實感，再莫被現實庸碌的步調所牽引。

二〇〇七年八月至二〇〇八年六月，我在首爾度送了難忘的異國生活，一年裡有諸多友情與善意環抱。感謝鴻金、莉芳、順珍等好友，以及我在韓國外國語大學校期間所結識的所有師長、學生們。

二〇一一年五月

文學叢書 292

INK PUBLISHING

# 無窮花開——我的首爾歲月

作　　者　石曉楓
總 編 輯　初安民
特約編輯　石　憶
美術設計　林麗華
照片提供　石曉楓
校　　對　石　憶　石曉楓

發 行 人　張書銘
出　　版　INK 印刻文學生活雜誌出版有限公司
新北市中和區中正路 800 號 13 樓之 3
電話：02-22281626
傳真：02-22281598
e-mail:ink.book@msa.hinet.net
網　　址　舒讀網 http://www.sudu.cc

法律顧問　漢廷法律事務所
劉大正律師
總 代 理　成陽出版股份有限公司
電話：03-2717085（代表線）
傳真：03-3556521
郵政劃撥　19000691 成陽出版股份有限公司
印　　刷　海王印刷事業股份有限公司

出版日期　2011 年 6 月　初版
ISBN　978-986-6377-53-2

定價　220 元



國家圖書館出版品預行編目資料

無窮花開——我的首爾歲月
／石曉楓（Hsiao-feng Shih）；－－初版，
－－新北市中和區：INK 印刻文學，
2011.6　面；　公分（文學叢書；292）
ISBN 978-986-6377-53-2（平裝）

732.3　　98022922